FOLIO JUNIOR

Pour tous les enfants des rues de Kinshasa,
les *faseurs*, et en particulier pour tous
les enfants de Ndjili. L'espoir d'un lendemain
meilleur ne doit jamais mourir en vous.

Titre original : *Colpo di Testa*
Édition originale publiée par Fabri, février 2003
© RCS Libri S.p.A., Milan, 2003
© Éditions Gallimard Jeunesse, 2004, pour la traduction et les illustrations.

Paul Bakolo Ngoi

Rêve de foot

Illustré
par Laurent Corvaisier

Traduit de l'italien
par Pascaline Nicou

FOLIO JUNIOR
GALLIMARD JEUNESSE

Pour vous, garçons et filles du Congo :
que ces pages vous apportent l'espoir d'un avenir meilleur.

Au marché

Kinshasa Est. Le bruit du marché est assourdissant. Les gens se bousculent autour de l'étalage de poisson frais qui arrive, comme chaque jeudi, du port de Matadi, sur l'océan Atlantique. Ici et là, des vendeurs ambulants essaient d'attirer les clients. C'est un vrai tohu-bohu. Un vent léger souffle, transportant les parfums tropicaux de la nourriture et des épices.

Tout à coup, au loin, on entend des voix crier :

– Arrêtez-le, arrêtez-le ! Au voleur, au voleur !

C'est une scène quotidienne, personne n'y fait plus attention. Les gens semblent indifférents.

– Au voleur, au voleur ! hurle de plus en plus fort la femme de l'étalage des fruits, en agitant ses bras nus et potelés.

Un gamin joue des coudes dans la foule, essayant de se frayer un chemin. Il tient son butin sous le bras. C'est la première fois que Bilia vole au marché. Après avoir couru comme s'il avait voulu battre le record du cent mètres, il s'arrête à l'abri d'un arbre. Il a peut-être réussi à semer ceux qui le poursuivaient. Mais maintenant, son geste lui semble insensé. Il a la gorge serrée.

« Dieu de mes ancêtres. Qu'est-ce que j'ai fait ? Que le ciel me foudroie ! » se dit-il.

Mais ensuite, comme pour se justifier : « Lorsque je demande quelque chose, personne ne me donne rien, à la maison, c'est comme si je n'existais pas. Il faut apprendre à se débrouiller tout seul, ici. J'en ai assez de cette voix intérieure qui m'accuse. Désolé, petite voix, mais si tu avais faim et que tu n'avais rien, qu'est-ce que tu ferais à ma place ? »

Loin des yeux indiscrets, Bilia tente de reprendre un peu son souffle. Mais ses poursuivants ont déjà retrouvé sa trace. A deux pas de lui, un homme en uniforme surgit. La femme qui vend les bananes est à ses côtés.

– Arrête-toi, voleur. Où crois-tu aller ?

La main de la femme se resserre comme un étau autour du poignet de Bilia.

– Mais... qui êtes-vous ?

– Explique-toi ! Pourquoi cette femme te cherchait-elle dans tout le marché ?

– Monsieur le policier, c'est ma mère. Elle veut me punir, j'essayais de m'enfuir et elle, pour m'arrêter, elle criait « au voleur »...

– Menteur. Je ne t'ai jamais vu. Tu vas le payer ! Tu mériterais d'être fouetté pour avoir renié ta vraie mère !

– Je te jure, monsieur l'agent, cette femme est ma mère...

– Tais-toi, ça suffit. Je vais te faire passer l'envie de voler, moi, et surtout de raconter des histoires !

En prison

Bilia passe du brouhaha du marché au silence désertique de Kitambo. Périphérie Nord de Kinshasa, à quelques kilomètres des quartiers résidentiels. Un mur d'une hauteur de cinq étages, entouré par du fil barbelé pour empêcher toute tentative d'évasion, et quatre agents qui se relaient pour monter la garde. La prison pour mineurs de Kitambo est une ancienne caserne de l'armée coloniale belge.

Bilia se retrouve avec les nouveaux arrivés.

— Vous êtes tous coupables. Nous allons essayer de faire de vous des hommes utiles à la société.

Pour ce que Bilia en sait, la société n'existe pas. Il n'existe que des gens seuls, comme lui, qui essaient de se débrouiller comme ils peuvent.

La voix du caporal Katanga le fait revenir sur terre. Bilia n'a pas mis longtemps à comprendre que lui seul commande ici. Deux autres hommes exécutent ses ordres sans broncher. Les prisonniers sont tous des gamins. Personne n'a envie de rire. Tous ont la boule à zéro, des vêtements gris, une casaque usée et un pantalon déformé : l'uniforme de la prison. Les délits vont du simple vol de banane à la rixe au couteau. Tous en rang, ils écoutent le sermon de cet homme qui semble tout droit sorti d'un film. Sauf que ce n'est pas un film. Et qu'il n'a aucune pitié pour ces gamins, malgré leur jeune âge.

— Ici c'est la loi qui commande, et à côté de la loi de la République, moi, j'impose la mienne. Celle du fouet. Celui qui veut l'éviter doit respecter les lois de la République. Et la République ici, c'est moi. Parole de Katanga.

Katanga est un homme imposant au crâne rasé. Ses yeux semblent deux fissures face à la réverbération du soleil. Son regard est non seulement indéchiffrable, mais absent.

La prison pour mineurs de Kitambo est un passage obligé pour de nombreux gamins des quartiers populaires. La vie n'offre pas d'alternative et jouer au gardien et au voleur est un rite, une sorte d'apprentissage pour trouver sa place dans le monde des grands. L'art de la débrouille, c'est le pain quotidien ; il vous permet de gagner votre pain. Si les choses tournent bien pour vous, vous vivez comme un pacha. Si les choses tournent mal, vous finissez à Kitambo. Pour beaucoup, la leçon porte ses fruits ; pour les autres, malheureusement, entrer et sortir de prison devient une habitude.

Mais cette vie est nouvelle pour Bilia. Ironie du sort, son nom signifie justement « nourriture ». Il a quatorze ans et c'est sa première expérience de chapardeur. Pour lui, ça a mal tourné. Pour quatre bananes et un sachet d'arachides, il se retrouve enfermé au pénitencier.

« C'est pas juste », pense-t-il, tandis que le caporal continue à parler. « Qu'est-ce que j'ai fait de mal ? J'avais faim, il fallait bien que je mange ! »

— Hé, toi, l'apostrophe Katanga, oui, toi là derrière, c'est à toi que je parle.

— Moi ? dit timidement Bilia.

— Pourquoi es-tu là ?

— J'ai glissé sur une peau de banane.

Un fou rire secoue le groupe.

— Toi, le comique, je vais te faire passer l'envie de plaisanter ! s'exclame le caporal.

— Je vous le jure, monsieur. C'est la faute d'une banane si je me retrouve ici.

Un des assistants murmure quelque chose à l'oreille de Katanga et pour la première fois son visage s'humanise. Un sourire l'illumine ; quelques minutes plus tard il éclate de rire lui aussi. Sans savoir pourquoi, tous les gamins l'imitent.

Mais ce rire ne dure pas. Ils se retrouvent bientôt tous enfermés dans une cellule obscure et délabrée. La cellule E.

Dix, douze, quinze gamins, Bilia n'arrive pas à les compter. L'espace est restreint, l'air pesant, pas de lit de camp pour s'étendre. La première nuit de Bilia en prison est terrible. Il n'arrive pas à fermer l'œil. Le lendemain, première leçon : il y a une hiérarchie précise entre les détenus, et il faut la respecter.

Balu est le chef suprême : il a donc le coin de la cellule le plus vaste et le plus confortable, d'où l'on peut contrôler la situation. Mboma est son bras droit : c'est à lui qu'il faut payer son dû pour qu'on vous laisse en paix. Kadi ne parle pas, mais un seul de ses regards suffit pour que les ordres de Balu soient exécutés.

Les dix premiers jours sont vraiment une torture et, pour supporter le poids de sa nouvelle condition, Bilia s'est lié d'amitié avec Zepele, un gamin de son quartier, en prison comme lui.

— Écoute, Bilia, moi je n'ai rien fait, ils m'ont cueilli à la place d'un autre, répète-t-il dix, vingt fois par jour, comme une ritournelle.

— Et moi ? J'ai été pincé pour quatre bananes. J'avais un peu d'argent dans ma poche et ils me l'ont pris. Les salauds. Ces matons sont de vrais voleurs, ils te dépouillent dès que tu arrives et ils disent au chef que tu n'avais rien.

– Oui, mais moi je suis vraiment innocent.

– Arrête Zepele : même si aujourd'hui tu n'as rien volé, tu t'es toujours débrouillé comme ça.

– Comment ? Tu te permets de m'accuser sans preuve ?

– Les preuves ? En ce qui te concerne, Dieu les a toujours effacées, mais cette fois il n'a rien pu faire.

– Et toi ? Tu étais un bon garçon, et aujourd'hui tu es comme moi. Enfin, tu ne mérites pas ça. Quelle poisse !

– Tu devrais leur expliquer. Tu sais ce qu'ils ont dit ? Que je me suis entraîné pour courir comme une gazelle. Une histoire de fous !

– Allez, arrête de te plaindre : je prierai pour toi.

– Merci, mais il vaudrait mieux prier pour nous tous, à commencer par toi-même.

Les deux garçons continuent à discuter jusqu'à ce que le sommeil les surprenne.

– Demain, je dois parler avec le gardien, je suis innocent, continue à répéter Zepele.

– D'accord, demain. D'autres lendemains nous attendent. Quel jour on est aujourd'hui ?

Pour Bilia, la nuit ressemble au jour et vice versa. A part une heure ou deux en plein air, les détenus les plus jeunes subissent le même traitement que les grands à Kitambo. Un court moment de la journée est consacré à l'enseignement, on y apprend le B.A.-BA, mais rien de plus. Ici, tout est réglé comme dans une vraie prison. Cette dureté devrait servir à éviter que les non-récidivistes, les garçons récupérables, ne retournent jamais en prison. Mais cela marche rarement.

L'avenir est dans la rue

Kinshasa a abandonné ses enfants. Pour eux l'avenir n'est plus sur les bancs de l'école, mais dans la rue. On ne compte plus le nombre de jeunes qui abandonnent leur scolarité. Les gamins grandissent sans perspective d'avenir.

Chez eux, leurs parents, incapables de nourrir leurs enfants, ne sont pas écoutés. Le respect s'est perdu en route. Grands et petits livrent la même bataille, celle de la faim. L'instinct de survie a pris le dessus, détermine chaque geste, chaque action.

Pour les gamins se profile seulement une vie dure, où chacun ne doit compter que sur lui-même car les plus grands n'aident pas souvent les plus petits. Dans ce climat de misère, seul un groupe de bénévoles, les Anges de la Ville, essaie d'intervenir et de donner un coup de main aux *faseurs*, les enfants des rues. Cette association de différents quartiers de Kinshasa est devenue l'unique soutien pour ces enfants sans abri. Fondé par une ancienne figure du football congolais, le groupe constitue une véritable armée du Salut qui tente de réconforter les enfants abandonnés. Les Anges de la Ville se reconnaissent à leur uniforme, pantalon ou jupe blancs, chemise jaune et baskets. Le travail de bénévolat leur permet de se rendre utiles, leur récompense est de voir un gamin rentrer chez lui ou bien trouver dans l'association une maison où apprendre la solidarité. Leur opération a commencé à porter ses fruits, mais le nombre de *faseurs* reste effrayant.

Bilia n'appartient pas à cette catégorie, ce n'est pas un enfant de la rue, même s'il est orphelin de mère et que son père, lui, s'il n'est pas en train de boire, passe ses journées à dormir. Ses cinq frères ont poussé jusqu'à la frontière de Kabinda à la recherche de quelques grammes d'or à revendre au marché noir. Avec eux non plus la vie n'a pas été tendre. La chance n'est pas toujours du côté des chercheurs d'or et de diamants qui, exploités par les propriétaires des terrains, sont également victimes des militaires qui n'ont aucun scrupule à leur arracher, sous la menace des armes, le fruit de leur labeur. Creuser, puis tamiser et évaluer le diamant. Selon sa valeur, le propriétaire donne un pourcentage sur le prix de vente. Bref, tout est à la discrétion du patron. Un gramme ou un carat ont de la valeur seulement s'il le décide.

De temps en temps, un des frères de Bilia revient à la maison pour jeter un coup d'œil sur son père, et c'est tout.

Le jeune garçon doit se débrouiller, comme tous les enfants de son âge. Il parle peu de sa famille parce qu'il vaut mieux ne pas s'étendre sur une pareille situation. Il a honte d'être né dans cette maison et son rêve est de se construire une vie meilleure. « Il vaudrait mieux mourir tout de suite, se répète-t-il, pour renaître plus beau, plus riche et dans une famille qui me donne un peu d'affection. » Oui. Comme si un tel miracle pouvait vraiment se produire. Bilia sent le destin peser sur lui comme un bloc de pierre. L'écraser par terre, tel un insecte. Il n'y a pas de place pour les insectes dans ce monde : ils disparaissent en un instant, il suffit d'un coup de talon.

La loi de la jungle

La prison pour mineurs est un monde trop dur pour Bilia. Parfois il ne mange pas, parce que les plus grands, les plus forts, lui raflent son assiette. C'est la loi de la jungle. Pour survivre, il faut faire partie d'une bande. Mais le jeune garçon n'est pas un délinquant, et il a du mal à s'intégrer. Son seul espoir est de bien se tenir pour sortir au plus vite.

— Ton cas sera peut-être examiné dans quelques jours, lui a dit un des gardiens.

– Dans quelques jours ? Mais quand ?

– Ben, dans quelques jours, ça peut vouloir dire demain comme dans six mois, un an. Ici ce n'est pas comme dehors, les jours se ressemblent tous. Bilia, tu dois déjà t'estimer heureux que l'on parle de ton cas. Demain finira bien par arriver.

– Merci, en tout cas, Wabala, dit le jeune garçon.

Cette nouvelle est une maigre consolation, mais c'est déjà ça. Selon les anciens, si l'on commence à parler d'un cas, ça veut dire qu'il existe une possibilité de sortir assez vite. Mais c'est justement ce « assez vite » indéterminé qui empêche Bilia de dormir.

Pour tuer le temps, les jeunes détenus se racontent leurs prouesses. Pour certains, défier le monde est un grand rêve, pour d'autres cambrioler la maison du président est le seul véritable exploit, d'autres encore racontent un voyage sur le fleuve Mongala, au cours duquel ils se sont fait une masse d'argent. Que ce soit vrai ou faux, peu importe. L'important est de raconter et de se raconter, pour surprendre, faire croire qu'on est les plus forts, se sentir exister.

Bilia écoute en silence, perdu dans ses pensées. Lui n'a rien à dire devant ce public. Qu'aurait-il à raconter ? Tous ces exploits lui sont étrangers.

– Alors, le bon garçon, dit Zepele en se fichant de lui, si tu n'as jamais volé, tu peux nous raconter autre chose !

– Non, laissez-moi tranquille, répond Bilia.

– Quoi, on n'est pas dignes de ton amitié ? lui demande Kadi.

– Je n'ai pas dit ça, mais je n'ai pas envie de parler.

Sans rien ajouter d'autre, il éclate en sanglots. Malheureusement, personne n'est disposé à le consoler. Pas une voix amie. Tout le monde se moque de lui et, dans la cellule, on entend des imitations forcées de ses pleurs. Bilia, dans l'obscurité de la cellule, se met à hurler : « Gardien, gardien, je veux sortir d'ici ! »

Seul le silence répond à son cri de douleur. Les gardiens n'ont pas bougé. Ce n'est pas la première fois et ce ne sera pas la dernière qu'un gamin explose. Tout ça fait partie du jeu. Un jeu dangereux, qui a conduit à la mort un jeune détenu il y a quelques années. L'histoire de Nkangu, dit Molato, est également parvenue aux oreilles de Bilia. Nkangu était un jeune garçon prometteur, qui fréquentait un des meilleurs lycées de la capitale. Il était beau et doué pour le jeu, mais ce qui lui plaisait le plus, c'était chanter. Un jour, après l'école, un de ses amis lui présenta un homme qui lui promit de faire de lui un grand chanteur. C'était pour lui un rêve qui devenait réalité. De la chanson au jeu de hasard, il n'y eut qu'un pas : un soir, en attendant le groupe de musiciens qui devait répéter avec lui, Molato se mit à jouer aux cartes. Parmi les joueurs s'étaient glissés des policiers venus tendre un piège à un escroc. Nkangu tomba aussi dans leur filet, et ce jour-là commença pour lui un cauchemar qui se termina en prison, par la mort. Une mort mystérieuse, dont personne ne sait rien mais dont tout le monde parle.

Toute la nuit, Bilia repense à cette histoire : il savait déjà qu'être innocent ne suffit pas. Cette histoire n'est qu'une confirmation. Une triste confirmation.

Le lendemain, un des gardiens annonce à Bilia qu'il va changer de cellule. La décision a été prise pour qu'il dorme plus tranquillement. Alors ce n'est pas vrai que personne ne voit et que personne n'entend, à l'intérieur de cette prison ! Bilia est transféré dans une cellule plus spacieuse où cinq garçons seulement sont enfermés. Dans cette nouvelle « résidence », il est plus facile de parler, de communiquer ses rêves, de se raconter l'espoir de quitter Katambo et de ne jamais plus y revenir. Parce que Bilia a beau douter et ne pas savoir grand-chose, de ça, il en est sûr et certain. Si jamais il réussit à sortir, il fera en sorte de ne plus jamais revenir. Jamais, jamais plus.

A la différence de la cellule E où dominait un chef, ici personne ne commande. Les cinq garçons ont deux points communs : ils en sont tous à leur premier délit, et il s'agit de délits mineurs. Bilia et Maciste sont là pour des vols de peu d'importance, Eteko pour avoir giflé une fille, Fodé pour avoir trompé une dame (il lui a vendu du plâtre coupé en le faisant passer pour de l'aspirine) pour le compte d'un adulte qui lui avait fait des promesses. Sayo, dans un accès de colère, avait jeté des pierres dans les fenêtres de son école parce qu'il ne voulait plus y aller. Bref, des choses qui pouvaient mériter une belle punition, mais la présence de policiers sur le lieu des faits avait conduit à une arrestation. L'espoir de tous est de sortir au plus vite, et pour Bilia la réclusion commence à devenir un enfer. Quatre mois ont déjà passé. Quatre interminables mois.

— Courage, mon ami, tu verras, quelqu'un va bien nous sortir de là, répète Sayo. On n'est quand même pas des criminels.

— Je ne sais pas si tout le monde pense comme ça ici. Pour eux, on est des délinquants qui doivent revenir dans le droit chemin. Des gamins coupables, quoi, réplique Bilia.

— D'accord, mais garde espoir. Moi j'ai confiance.

Et Bilia, pour une fois, écoute son compagnon. Avoir confiance est déjà une façon de changer la vie.

Une bonne idée

Les journées sont désormais moins pesantes pour les cinq gamins : un des gardiens a permis aux assistantes sociales de leur apporter de temps en temps des livres. L'atmosphère se fait plus légère. Le moral est meilleur. Et quand le moral est meilleur, on a envie de réfléchir.

Entre une lecture et une conversation, un jour Bilia propose :

– Ce serait pas mal si quelqu'un nous laissait jouer au foot de temps en temps. Un vrai match, je veux dire. Pas les quatre shoots pendant le peu de temps qu'on passe dehors.

— Et avec qui tu veux jouer ? Avec les gardiens ?

— Pourquoi pas ?

— Ils n'attendent qu'une chose, c'est de pouvoir te briser les jambes, ceux-là.

— Je ne crois pas, dit Bilia. Et même si c'était le cas, si tu es bon, tu peux jouer contre n'importe qui. D'accord ce sont des adultes, mais on est jeunes, on se fatigue moins vite et on ne s'essouffle pas.

Bilia se lève, il montre ses muscles. Les autres gamins éclatent de rire. Leur camarade est maigre, il a les jambes et les bras comme des allumettes. Bonne condition physique, tu parles !

— En gros, tu proposes un match entre gardiens et détenus. Tu veux prendre ta revanche et les humilier, observe Sayo.

— Non. Un match de foot, pas une guerre.

— Du foot ? Je te rappelle qu'il s'agit d'affronter nos gardiens. Si on devait jouer, tu crois vraiment que les gars, surtout ceux de la cellule E, n'en profiteraient pas pour se venger ?

– Ne prends pas toujours tout au tragique, Sayo. C'est juste une idée.

– Super idée ! Jouer avec ceux qui te font tâter du bâton, comme à leur chien !

– O.K., je n'aurais pas dû en parler. Bonne nuit !

Parlons-en justement, de la nuit. La nuit, tout est plus difficile. L'optimisme du jour fait place aux pensées sombres qui se pressent comme des nuages. Bilia a du mal à s'endormir et passe les nuits à somnoler. Un œil fermé, l'autre ouvert. Pour compliquer les choses, la chaleur s'en mêle. La nuit, dans la cellule, la température est insupportable. Et pourtant, dans celle-là, on peut au moins respirer. Le fait de n'être que cinq facilite les choses, mais une cellule est toujours une cellule.

Avant d'aller se coucher, Bilia implore celui qu'il appelle le Dieu de Zepele de réaliser un miracle : « Pourquoi tu lui as toujours pardonné, à lui ? Pourquoi avec moi tu n'as pas fait semblant de ne rien voir ? Dieu, sors-moi de là. Je ne sais pas combien de temps je tiendrai encore. »

Ses prières ne sont pas exaucées. Bilia en a assez d'entendre parler de sa libération imminente, qui n'arrive jamais. En prison, demain est un mot qui n'a pas de valeur précise. Et pourtant Wabala, le gardien sympathique, insiste : « Demain peut venir vite. Il faut seulement avoir de la patience. »

Bilia ne sait plus quoi penser : faut-il se laisser envahir par le découragement ou croire les paroles du gardien et garder encore un peu d'espoir, se dire que demain n'est pas si loin ?

Parfois il s'imagine déjà libre, hors de ces murs, qui ne laissent entrevoir que la couleur du ciel. Parfois gris, parfois bleu, mais toujours le même ciel. De là-haut, se dit Bilia, quelqu'un le regarde et se moque de lui. Est-il possible de rester enfermé entre quatre murs pour quatre bananes ? S'il avait su, se dit-il en lui-même, il aurait fait pire. Rien que de penser à ce qu'il aurait pu faire, à ce qu'il pourrait faire s'il était libre, ça le fait pleurer. Il n'a plus honte d'être entendu par ses compagnons de cellule.

Ses pleurs réveillent Fodé et Eteko.

– Qu'est-ce qui t'arrive ?

– Ça va pas. J'en peux plus de rester là-dedans.

– T'es pas le seul, tu sais. Tu crois que ça nous plaît de vivre comme ça ?

– Hé, Bilia, dit Fodé, si tu continues comme ça, ton cœur va exploser et tu deviendras mauvais. Si aujourd'hui tu es là pour rien, demain tu reviendras, et tu auras vraiment fait quelque chose. Crois-moi, j'ai un frère parmi les grands à qui c'est arrivé.

– Ah bon ? Ton frère est là aussi ? Qu'est-ce qu'il a fait ?

– La première fois, ils l'ont attrapé parce qu'il traînait en mauvaise compagnie. Il a hurlé qu'il était innocent, mais personne n'a voulu l'écouter. Depuis, il n'a plus jamais été le même. Il a seulement seize ans et il est devenu un homme, un homme méchant. Il a arraché son sac à une dame. Elle est tombée, s'est cogné la tête par terre et elle est morte. « Au moins maintenant je vais en prison parce que j'ai fait quelque chose de mal », il a dit aux policiers. L'enfance de Balu est finie. Il passera sa vie en prison.

Bilia pense à Balu : oui, comme par hasard, le chef de la cellule E. Le chef, le dur, les yeux gonflés de haine. Il ne veut pas devenir comme lui. Et il espère que demain arrivera vite, parce qu'il a peur d'être transformé en quelque chose de moche. Cette histoire aide peut-être le jeune garçon à comprendre que dans toute situation, l'important est de ne pas se faire manger son âme. Ne pas changer, rester soi-même, malgré les difficultés.

Mais en attendant, il arrive une chose à laquelle Bilia ne pensait même plus. Matata, le gardien responsable du secteur où sont enfermés les gamins les moins dangereux, propose à Katanga :

– Chef, pourquoi on n'organiserait pas un match de foot entre nos petits, les meilleurs bien sûr, et les gamins du quartier ?

Le caporal y réfléchit un moment. C'est un type qui ne se dévoile jamais, pas tout de suite, en tout cas.

– Je ne sais pas quoi te dire, répond-il au gardien. Il faut voir si le quartier accepte de se confronter aux détenus.

– Il suffit de convaincre le président du quartier, insiste le gardien. Tu sais bien, toi aussi, qu'il n'y a pas beaucoup de différence entre dedans et dehors. Je veux dire, n'importe qui pourrait se retrouver ici, au premier faux pas. Et ceux qui sont dehors le savent.

Un long silence accueille la réflexion de Matata. Long, très long. Peut-être a-t-il dit un mot de trop, quelque chose que l'on pense, mais qui ne se dit pas ? Le gardien regarde en l'air, regarde ses pieds, regarde ses mains. Et puis, enfin, le chef retrouve l'usage de la parole.

– Ça me semble une bonne idée, dit-il. Tu veux t'en occuper ? Mais je ne crois pas que ce soit à nous de décider qui joue ou pas. Il faut donner la même possibilité à tous les détenus qui savent manier un ballon et sélectionner les meilleurs. Quoi qu'il en soit, puisque c'est toi qui as eu l'idée, ce sera sous ton entière responsabilité. C'est clair ?

– D'accord, j'essaierai de ne pas te décevoir, chef. Je me mets tout de suite au travail.

L'équipe

Pour réussir dans cette entreprise, le gardien Matata, qui a trois enfants entre douze et quinze ans et qui n'arrête pas de penser à eux quand il regarde ses prisonniers, demande l'aide des Anges de la Ville, et puis celle des parents du quartier. Ce n'est vraiment pas difficile de les convaincre : ce que le chef a dit est vrai, la frontière entre dedans et dehors est mince, il n'y a pas d'accusés ni d'accusateurs ; ce qui vous conduit à l'intérieur est un hasard, la malchance, ou les deux à la fois. Ce qui veut dire que personne ne considère les gamins comme de vrais délinquants. Ils n'ont pas eu de chance. Non pas parce qu'ils se sont fait prendre, mais à cause de ce qui leur est arrivé avant – ce qui les a poussés à voler, chaparder, trafiquer.

Les jeunes du quartier, en fait, sont prêts à accepter le défi avec enthousiasme : le foot c'est le foot, un match c'est un match. Et que les meilleurs gagnent !

Maintenant, il faut organiser un solide service de sécurité, pour éviter toute tentative d'évasion. L'occasion est trop belle pour ne pas penser que quelqu'un va chercher à en profiter. Les tours de garde seront doublés autour du terrain : les gardiens acceptent, soit parce qu'ils seront payés plus, soit parce qu'ils assisteront gratis à un spectacle. Comme ça, ils y gagneront deux fois.

Et puis, à l'intérieur, il faut créer une équipe. Une véritable équipe.

Misu Milinga, dit Yeux embrumés, le plus jeune des surveillants, qui doit ce surnom aux lunettes de soleil qu'il n'enlève jamais, se propose comme entraîneur. Il est convoqué dans le bureau du caporal Katanga et ils dressent ensemble la liste des détenus susceptibles de jouer. L'idée d'une sélection sérieuse a tout de suite été écartée. Il ne s'agit pas de trouver des athlètes, mais des gamins qui méritent de jouer. Les voici : Bilia, Zepele et puis Rio, Emani, Wa Buro, Kinda, Scisciaco, Nibo, Mokua, LeSciora, Djuna, Mundele, Fimbo, Bwanga et Justice.

Qu'est-ce qu'ils ont en commun ? Pourquoi ont-ils été choisis ? Non, personne n'a pensé à évaluer leur vitesse, leur vivacité, leurs qualités de buteurs. Ce sont simplement les plus jeunes, les moins perdus, ceux qui peuvent encore s'en sortir. La prison pour mineurs parie sur ces gamins, pour faire comprendre au quartier que ce qui leur est arrivé peut arriver aussi aux autres. Et que la partie n'est jamais finie, pour ceux qui ont envie de revenir sur le terrain.

L'autre partie, le match de foot et de sueur, est programmée pour un samedi après-midi, quinze jours plus tard.

– Quinze jours ? On n'arrivera jamais à mettre

sur pied une véritable équipe ! a dit Bilia quand le rendez-vous a été annoncé.

L'entraîneur l'a foudroyé du regard.

– Bien sûr qu'on y arrivera, si vous commencez à vous bouger les fesses et à faire fonctionner vos jambes et votre tête, a-t-il dit.

Et c'est ainsi que les entraînements ont commencé. Entraînements, ça veut dire des heures et des heures en plein air à se dépenser. Des heures pendant lesquelles la tête oublie pour un moment la douleur de la prison, se concentre sur les pieds, les jambes, les muscles qui se gonflent d'acide lactique jusqu'à éclater, sur le souffle qui se coupe durant les interminables courses imposées par l'entraîneur. Mais ensuite, petit à petit, le corps commence à répondre. L'esprit, libéré des lamentations habituelles sur l'injustice de la vie, se concentre sur les gestes, les échanges, les actions. Sur le terrain, de nouvelles complicités naissent, basées sur des regards, sur une entente qui ne vient pas des mots mais des gestes. Le langage du corps est tellement simple, tellement immédiat. Tellement sain à écouter et à parler.

Cependant, la tension monte. Pour Bilia, ce match est devenu un cauchemar. Quelque chose lui fait pressentir que ce peut être l'occasion de sortir de prison et de ne plus jamais y remettre les pieds. Même s'il n'y a rien de rationnel dans cette idée, et que personne ne lui a fait de promesses – Bilia, au fond, ne croit pas aux miracles, car il a trop les pieds ancrés sur terre, cloués même, pour faire confiance aux coups du sort. Et pourtant... Le jeune garçon dort maintenant d'un sommeil lourd, le corps fatigué, mais il se réveille parfois et regarde dans le noir, en écoutant la respiration de ses compagnons : comme il ronfle celui-là ! mais qui ça peut bien être ? Et puis, sans même le vouloir, sa tête dessine encore et encore au plafond les actions possibles, les échanges, les occasions. Jusqu'à ce qu'un ballon qui tourne sur lui-même, blanc noir blanc noir blanc blanc blanc noir, l'étourdisse et le replonge dans le sommeil.

Les autres sont différents, Bilia s'en aperçoit dans la journée, en les regardant, les écoutant : eux, ils prennent la partie comme un amusement, sans en comprendre l'enjeu. Pour eux, c'est seulement l'occasion de shooter dans un ballon. Pour eux, il n'y a pas de projet, peut-être parce que là-bas, dehors, ils n'ont rien à attendre.

« Et pourtant, pense Bilia, moi non plus, là-bas, dehors, je n'ai pas d'espoir, pas de possibilités. Et alors ? Pourquoi suis-je différent ? Pourquoi je me sens différent ? Et comme la déception sera amère, quand je me réveillerai vraiment et que je découvrirai qu'après le match rien n'a changé pour moi ! »

Tellement de pensées. Bilia sait que c'est justement pour ça qu'il est différent des autres, parce que sa tête ne dort jamais, ne s'arrête jamais. Parfois il voudrait être plus simple, comme Djuna le Petit, qui rit de toutes ses dents à l'idée de s'exhiber devant un vrai public, comme Fimbo, qui dit « On s'en fout du match » et qui, quand il est fatigué ou qu'il rate un tir, sort du terrain en tournant le dos à tout le monde, sans même entendre les cris de l'entraîneur – il s'en contrefiche.

Mais le samedi approche. D'un commun accord, le quartier et la direction de la prison ont choisi de jouer sur le terrain derrière la caserne militaire de Kitambo. Pour les habitants, c'est sécurisant de savoir que, quoi qu'il arrive, les militaires sont à deux pas. Et puis, là-bas, le terrain est beau, grand, on dirait presque un vrai.

En fait, au début, le caporal Katanga voulait refuser. S'il dirige une prison pour mineurs, il a du mal à avaler que ses gamins soient considérés comme les pires délinquants de la Terre. Mais Misu Milinga lui a conseillé d'accepter.

— C'est comme un train à prendre, chef, a-t-il dit. Et les gamins ne sont pas aussi susceptibles que toi. Ils ont compris.

Le match

Ce jour-là, avant de commencer à jouer, les petits détenus ont écouté sagement le prêche de Misu Milinga, soldat-entraîneur. De nombreux conseils pour faire comprendre aux joueurs l'importance de l'enjeu. Des shorts gris et des tee-shirts blancs avec des numéros imprimés sur le dos ; chacun a choisi son numéro préféré et le *Mister* le leur a donné sans se préoccuper de la logique. Bilia a le numéro 27 ; Scisciaco a choisi le 55. Des numéros que l'on n'a jamais vus sur un terrain. Les pieds nus, et pour certains des chaussettes. Voilà, les joueurs de la prison sont prêts. Leur âge varie entre douze et seize ans. Le même âge que leurs adversaires, qui portent de beaux

tee-shirts vert fluo et des chaussures aux pieds un peu usées peut-être, ou trop larges ou trop petites, mais au moins ils en ont.

Autour du terrain, il y a une double, parfois une triple rangée de spectateurs. Ce sont des gens du quartier, mais certains viennent de plus loin, attirés par l'événement. Pour les gosses de la prison, il n'y a personne, à part les gardiens qui font des extras et qui n'ont pas encore décidé qui ils allaient soutenir. Sûrement les vainqueurs, c'est plus simple, non ?

Et l'arbitre ? L'arbitre, c'est Nikel, un Ange de la Ville, en son temps joueur d'un assez bon niveau et qui aujourd'hui revient fouler un terrain de foot, non pour jouer mais pour diriger le match. Il n'a pas été choisi au hasard, les Anges de la Ville ont fait beaucoup pour que le match ait lieu. Lui au moins sera impartial, comme cela devrait être le cas dans tous les matchs.

Coup de sifflet. Ça commence. Le terrain est sableux, des nuages de poussière s'élèvent, entourant les joueurs d'un brouillard doré, mais cela ne semble pas les gêner. La poussière fait partie du jeu.

Il fait très chaud, le soleil tape, les spectateurs se font de l'air avec des éventails improvisés, mais sur le terrain, personne ne semble s'en apercevoir. Le public s'enflamme devant ce beau match, ajoutant leur chaleur à celle du soleil, et les échanges ne manquent pas entre les deux clans.

La partie devient intéressante. Un coup franc non accordé a légèrement échauffé les esprits, mais l'arbitre a tout de suite rappelé les joueurs à l'ordre en menaçant de suspendre le match :

– A la prochaine contestation, je renvoie tout le monde à la maison, a-t-il menacé, très sérieux.

Au lieu de se mettre en colère, les gamins ont éclaté de rire, des deux côtés. Le capitaine des gamins du quartier, en se moquant de ses adversaires, a dit :

– A la maison ? Et dans quelle maison tu les enverrais, nos petits amis ?

Une mauvaise vanne, c'est vrai, mais personne ne s'est vexé. Les gamins qui ont pour maison la prison ont ri aussi. Et tout a recommencé, sans autre faux pas.

Bilia court comme le vent, ses pieds sont si

rapides qu'on dirait qu'ils passent à dix centimètres au-dessus de la terre, et la plus belle chose qu'il réussit à faire, c'est un fantastique coup de tête, comme un ange qui s'envole, pour passer la balle à Justice. Mais c'est une occasion manquée, Justice avait la tête ailleurs, pour ne pas parler des pieds, bref, ça ne sert à rien. Tant pis, ils courent de nouveau.

La première mi-temps s'est conclue zéro à zéro.

– C'est bien, les gars, mais maintenant il faut se défoncer. Il faut leur montrer qui nous sommes.

Misu Milinga exhorte ainsi ses gamins pendant la mi-temps. Tout le monde doit jouer pour Rio et Emani : ce sont eux qui peuvent marquer un but. Telles sont les consignes de l'équipe des détenus. L'équipe du quartier n'a pas de leader et même pas d'entraîneur, mais de bons jeux de jambes et un gardien géant qui fait peur.

Une minute après le début de la deuxième mi-temps, un long tir de Mbo a déjoué l'attention de Kinda, le gardien de but de la prison, et la balle a fini dans ses filets : but, but, but ! Le public a eu ce qu'il voulait. Un but a mis en joie toute la compagnie du quartier, venue soutenir les siens. Ce sera le seul but de la partie. Une partie de perdue, donc. A la fin, les tee-shirts trempés de sueur, les pieds endoloris, les détenus se remettent en deux files pour être raccompagnés à l'intérieur. Quelqu'un dans la foule lance un cri : « Bravo ! » Les autres s'unissent à ce cri. Pas tous, bien sûr. Mais beaucoup. Quelques gamins de l'équipe du quartier, même. Le géant Kalombo, par exemple.

Misu Milinga console ses joueurs qui traînent les pieds dans la poussière en soulevant bien plus qu'un nuage, une tempête :

– Vous avez bien joué. Et surtout, vous avez joué.

C'est ça, ils ont joué. Ils ont réussi à montrer que celui qui a atterri derrière les barreaux n'est pas toujours un bon à rien. La vie est pleine de surprises. Quelqu'un comme Bilia a trébuché sur une peau de banane. Mais les choses peuvent changer.

L'étranger

Assis sur le coffre de sa voiture, une 2 CV bleue qui a connu des temps meilleurs, Riccardo a suivi la partie avec grand intérêt.

– Quel talent, le numéro 27, dit-il au gardien à côté de lui. Avec son contrôle de la balle du pied gauche et sa vision d'ensemble du jeu, ce n'est pas possible qu'il n'ait que treize, quatorze ans. Qui est-ce ?

– C'est un brave garçon qui a trébuché sur une peau de banane, dit le gardien Sankara, un de ceux qui ont été appelés en renfort pour surveiller le public. Il est à Kitambo pour un bon moment.

– Comment ça ? Combien de temps il doit encore passer là ?

– De temps ? Et qu'est-ce que c'est ? rit le gardien.

Il regarde l'homme blanc avec scepticisme. Et pense : « Ils ne comprendront jamais. » Mais ensuite, croisant à nouveau son regard insistant, il essaie de s'expliquer :

–Vous croyez vraiment qu'en prison on parle de temps ? Les gamins restent tant que le caporal Katanga en a envie.

Riccardo aurait beaucoup de questions à poser. Mais il connaît bien l'Afrique, il y est allé tellement souvent, il sait qu'il vaut mieux ne pas poser de questions et chercher à comprendre d'une autre manière.

– Laissez-moi parler avec le caporal, dit-il.

– Je vais voir ce que je peux faire, réplique Sankara. Vous comprenez que ce que vous me demandez n'est pas facile. Le caporal n'aime pas être dérangé.

Riccardo a compris, et comment ! Il fouille dans ses poches, trouve un billet de cinq francs et le tend au policier.

– C'est pour vous, voyez ce que vous pouvez faire.

C'est le *matabishi*, le pourboire, une habitude, une façon de faciliter les requêtes. En Afrique, les gens n'arrivent pas encore à comprendre que l'on rende un service à son concitoyen sans demander de pourboire. Mais ce serait un autre chapitre d'une histoire longue et compliquée.

Riccardo s'est retrouvé par hasard devant le match. Durant son séjour à Kinshasa, il a été victime d'un vol. Touriste de longue date, ce qui n'est pas la même chose qu'un simple touriste perdu et démuni, il n'arrive pourtant pas à visiter un pays sans se faire dépouiller.

Journaliste, écrivain, reporter free-lance, passionné de photo, Riccardo vit à Casteggio, près de Pavie, en Italie. Mais il passe au moins huit mois par an autour du monde, ou plutôt, en Afrique. Pour lui, c'est le plus bel endroit du monde. Chaque année, il change de pays, va à la découverte de lieux, de personnages et d'histoires intéressantes. En ce moment, le Congo est pour lui comme un film sans générique de fin : il a commencé, et il ne sait pas comment il se terminera. Se retrouver devant un spectacle insolite, comme une partie de foot jouée par une bande de jeunes détenus sous surveillance, sur un terrain de fortune, est un épisode inédit qu'il faut encore tourner.

Durant ses voyages en terre africaine, Riccardo s'est souvent occupé de ballon. Il en a fait le sujet d'un reportage en trois épisodes qu'il a vendu à un quotidien national, y gagnant pas mal en argent et en renom. Il connaît assez bien les mécanismes qui conduisent de nombreux managers sans scrupule à chercher dans les villes et les villages africains de jeunes talents à valoriser dans les équipes européennes. Et il sait que ces mécanismes ne sont pas toujours corrects. Des règles seraient nécessaires en ce qui concerne l'engagement des mineurs, leur transfert à l'étranger. Mais en Afrique, on ferme les yeux sur de nombreuses règles. Et il existe une véritable traite des très jeunes footballeurs.

Riccardo s'est d'abord indigné face à cette situation, qui lui a semblé une des nombreuses formes d'exploitation du monde pauvre par le monde riche. Mais ensuite, en apprenant à connaître l'Afrique, il a compris. Ici, l'art de s'arranger et l'art de survivre ne font qu'un. Les familles doivent inventer un futur pour leurs enfants d'une façon ou d'une autre. L'argent des managers est le bienvenu, il permet à des familles entières de vivre confortablement. Alors, qu'est-ce que ça peut faire si donner un gamin qui a des ailes aux pieds, c'est un peu comme le vendre ?

Et comment se fait-il que Riccardo pense à tout ça juste maintenant, à la fin du match de Bilia ? C'est le hasard qui l'a conduit là. Ou plutôt, un vol. Depuis quelques jours, il fait le tour des commissariats, sans trop d'espoir, pour retrouver sa valise, que quelqu'un a emportée, avec ses papiers et tout le reste, ne lui laissant que quelques vêtements propres. Le gardien du petit hôtel du quartier périphérique de Kinshasa, où Riccardo est descendu, a même vu le voleur entrer dans sa chambre, mais il ne s'est pas soucié de l'arrêter.

– J'ai cru que c'était un de vos amis parce qu'il parlait votre langue, s'est-il justifié.

– Quelqu'un qui parlait ma langue ? Et comment vous avez fait pour savoir que c'était ma langue ? a répliqué Riccardo, en se demandant s'il fallait rire ou se mettre en colère.

– C'est simple, a répondu le gardien. Il m'a dit : *Riccardo amico mio*[1]. Ce n'est pas votre langue, ça ?

Finalement Riccardo, qui est effectivement italien, a décidé de rire. Ah, l'Afrique ! Après avoir fait le tour du continent en long et en large, il ne s'étonne plus de rien.

1. « Ricardo, mon ami », en italien.

Hypothèses de liberté

Allez Riccardo, il faut mettre la main au porte-feuille... Son pourboire a eu l'effet désiré. Le messager l'a accompagné chez le caporal Katanga, qui s'attarde au bord du terrain tandis que les gamins, en file à peu près ordonnée, retournent en prison. Après un échange de regards peu amical, Riccardo parle en premier, pour briser le climat tendu que l'homme devant lui, renfrogné et robuste, s'efforce de créer :

— Caporal, excusez-moi, qui était le numéro 27 ?

– Il n'y a personne avec ce numéro, répond sèchement Katanga.

– Mais si, le maigrelet, rapide...

– En somme vous êtes en train de dire que je ne connais pas les gamins de ma prison ?

– Non, ce n'est pas ça. Mais ils sont tellement nombreux que c'est facile de les confondre. C'est le numéro 27 qui m'intéresse.

– Pourquoi, vous êtes qui ?

– Excusez-moi encore, quel étourdi, je me suis laissé prendre par mon enthousiasme. Je m'appelle Riccardo Cerutti, je suis reporter, d'origine italienne, et ce garçon m'intéresse. Sa façon de jouer me plaît et le soldat m'a dit d'en parler avec vous.

– C'est un petit génie du ballon qui risque de se perdre ici. La prison n'est pas pour lui, admet Katanga, presque surpris par ses propres mots.

– C'est vrai, dit Riccardo. Au moins sur ce point, nous sommes d'accord.

Riccardo a trouvé en la personne du caporal un complice inespéré. Mais il ne se fait pas d'illusion. Maintenant il doit manœuvrer avec habileté.

Comment faire pour demander un entretien avec le gamin sans se faire plumer par ce géant en uniforme ?

– Caporal, je voudrais pouvoir parler avec...

– Ah, vous voulez Bilia. Vous savez qu'il a commis de graves délits et qu'il devra peut-être passer toute sa vie ici ?

Riccardo ne s'étonne pas de ce changement imprévu de registre. Il ne sait pas **si** le caporal exagère, mais il s'en doute. En Afrique, ça arrive souvent. Il faut être patient.

– Caporal, ce garçon n'a que treize, quatorze ans, pas plus.

– Ça suffit pour faire comme les grands, réplique Katanga, sévère. Et, de toute façon, il en a quatorze. Revenez demain. A mon bureau.

Et il tourne les talons en bombant le torse, rigide comme un soldat peut l'être.

L'idée d'affronter le caporal dans son bunker n'excite pas notre reporter, mais pour rencontrer le gamin, c'est la voie obligée. Parce que Riccardo a une idée, ou plutôt, un projet. Et c'est quelqu'un qui aime mener ses projets à bien.

Le lendemain, l'entretien privé entre les deux hommes dure plus d'une heure. Une heure de négociations ardues et de compliments, de défis et de concessions. Une partie d'échecs. Pour les agents de la prison qui attendent devant la porte du bureau de Katanga, l'attitude de leur chef est une grande première. D'habitude le caporal ne supporte pas ses invités plus d'une demi-heure. Et puis...

– Gardien ! Un hurlement venant du bureau.

– Oui, monsieur.

– Amenez-moi Bilia et l'autre.

– Qui ?

– J'ai dit Bilia.

– Oui, chef, mais l'autre...

– Non, seulement Bilia.

Quelques instants après, le gamin se présente devant le caporal. Il jette un regard furtif au jeune homme blanc assis en face de Katanga puis, avec prudence, baisse les yeux, regarde ses pieds. L'uniforme gris est un peu large pour lui et il porte une paire de savates fabriquées avec un pneu.

– Bilia ! crie le caporal.

– Oui, m'sieur.

Bilia lève aussitôt les yeux.

– Tu sais pourquoi tu es ici ?

– Non, m'sieur.

– Je crois que tes prières ont été écoutées. Cet homme veut te voir jouer au football. Il est tombé amoureux de ton style de jeu et soutient que tu es un génie.

Bilia est doublement stupéfait. D'abord parce qu'il ne sait pas comment Katanga a fait pour entendre ses prières. Ensuite, parce qu'une occasion comme ça, il ne s'y attendait vraiment pas. Mais il garde assez de présence d'esprit pour répondre :

– Merci, monsieur.

– Tu as envie de t'en aller d'ici ?

– Seulement si je le mérite, dit Bilia, le regard de nouveau à terre.

Il ne veut pas croire à cette chance. Pas encore. Et si tout était pour de faux ? Et si tout s'évanouissait, comme dans un rêve ?

– Je ne veux pas répéter l'erreur que j'ai commise. Mais je crois que tout le monde doit avoir une seconde chance, et si vous me donnez celle de sortir, je vous jure, monsieur, que vous ne me reverrez plus jamais, si ce n'est comme invité d'honneur.

Katanga n'arrive pas à retenir un petit sourire. Il faut dire que ce Bilia en a, du cran, pour parler ainsi devant lui. Riccardo semble avoir la même idée, puisqu'il dit :

— Eh bien, ce gamin, c'est une vraie pointure !

— Riccardo, je dois vous avertir que ce ne sera pas facile, reprit Katanga, pour jouer jusqu'au bout son rôle. Il sait parler et surtout il est malin. Vous voulez parier qu'on le retrouvera dans moins d'un mois en train de voler ou de poignarder une petite vieille ?

— Mais...

— Tais-toi, Bilia. J'en ai vu tellement sortir d'ici pleins de bonnes intentions, et ensuite... Quoi qu'il en soit, Riccardo, il est temps de passer aux choses sérieuses. Gardien !

— Oui, monsieur.

— Ramenez ce vaurien, avant que je ne change d'avis.

Pendant encore une heure, le caporal discute avec l'homme blanc. A la fin, Bilia est à nouveau convoqué et confié à l'étranger. Maintenant, il faut retrouver les parents du gamin, traiter avec eux.

Pour la libération de son jeune protégé, Riccardo a déboursé une belle somme. En plus de la caution de la prison, il a dû donner une somme non négligeable au caporal, pour sa disponibilité mais aussi pour avoir réglé l'affaire en si peu de temps. Une belle somme aux gardiens aussi, pour avoir rendu possible le rendez-vous avec le caporal, et un petit quelque chose pour tous les autres, parce qu'on doit fêter le départ de celui qui s'en va. Malgré la fête, l'adieu à Bilia est un jour triste pour ses compagnons de cellule. Les yeux pleins de larmes, le jeune garçon cherche Sayo du regard. Il le trouve, court vers lui, ils se serrent fort. Longtemps.

– Je ne t'oublierai pas, Sayo. Je n'oublierai pas tes paroles.

– Tu es un brave garçon, Bilia, ne te perds pas dans les marchés, et attention aux bananes.

— Et toi, promets-moi que je te reverrai bientôt dehors. Je te jure que je deviendrai honnête, je chercherai un travail et je travaillerai pour avoir de l'argent et demander à Katanga de te libérer, comme ça s'est passé pour moi. Mais ne me fais pas trop travailler, sinon je risque de devenir un esclave. Sors avant, si tu peux.

Entre Bilia et Sayo est née une véritable amitié. Ils se sont confié tellement de choses, et pourtant la prison ne permet pas souvent aux sentiments de s'exprimer. C'est le moment des adieux. Les mots, les larmes et l'atmosphère pleine d'émotion contaminent Fodé et Eteko, tandis que Maciste assiste à la scène, pétrifié. Sa tristesse parle à sa place.

Paulus, un des gardiens, met fin à ce moment douloureux. Il appelle Bilia, l'arrache presque à l'étreinte de son ami, l'accompagne vers Riccardo et lui murmure des paroles d'adieu.

Le caporal Katanga, qui cache son émotion – il a assisté, sur le seuil de la cellule, à la scène entre les deux amis –, dit à l'étranger :

— Prenez-le par la main, guidez-le. Vous ne

savez pas combien sont sortis d'ici avec de bonnes intentions, et puis... Bref, ce gamin est sous votre responsabilité.

Bilia est désormais dehors. Il a traversé la ville, tout seul, après avoir salué Riccardo. Ils ont rendez-vous le lendemain dans le quartier de Ndjili, le quartier de Bilia. Riccardo a pensé qu'il devait faire un pas en arrière. Laisser le jeune garçon rentrer chez lui tout seul, que tout seul il donne à tout le monde la nouvelle de sa liberté retrouvée. Et Bilia l'a remercié sans mot dire, par un long regard ému. Il est maintenant tout près de chez lui. Il rencontre plein de gens qu'il connaît, dit bonjour, embrasse, rit, reprend courage. Il continue son chemin, respire à nouveau le bon air, celui de Ndjili. Chemin faisant, un peu avant de traverser le petit bois de Bikali, avant d'atteindre son quartier, il s'arrête et, levant les yeux vers le ciel en direction de la lune qui ne s'est pas encore couchée, il imagine le visage tendre de sa mère. C'est le moment d'une promesse. Bilia regarde le visage de sa maman-lune et dit : « Un jour je deviendrai un grand footballeur, et toi, maman, tu seras fière de moi, où que tu sois. » Comme par enchantement, un ballon rebondit devant lui et, sans réfléchir, Bilia saute et frappe la balle de la tête. Un coup de tête. Comme un champion, un maestro. Autour de lui, des applaudissements montent. Bilia regarde alentour et aperçoit quelques gamins, deux vieillards, un homme qui tire une charrette : son public. Il sourit et s'en va. Le ballon aussi a disparu.

76, rue Kutu

Ndjili se trouve dans la périphérie Est de Kinshasa. Là-bas, le temps s'est arrêté. Tout est resté comme autrefois, le soleil rythme les jours. Les maisons sont conçues par ceux qui les construisent, il n'y a pas d'électricité. Et pourtant, la vie nocturne du quartier est animée.

Dans la rue Kutu, au numéro 76, se trouve la maison de Bilia. Quatre murs montés tant bien que mal, la division des chambres tracée sans aucune géométrie. N'importe quel architecte se casserait la tête en cherchant un plan dans cette maison. Une partie du toit a été endommagée par la dernière pluie, mais ça ne fait rien, il suffit de ne pas y être quand il pleut. Derrière, il y a un petit jardin potager que son père cultive, avec un gros manguier et d'autres fruits exotiques. A côté de la maison, un terrain vierge, prêt à accueillir une autre construction identique. En voyant ça, Riccardo est resté sans voix.

La rencontre avec la famille de Bilia ne s'annonce pas facile. Bilia a conduit son nouvel ami dans son quartier sans en avoir la moindre honte, parce que telle est sa vie et tel est son monde. Désormais tout est entre les mains de sa famille, et pour lui rien n'a plus de valeur que les paroles des gens de son quartier. A Ndjili, rue Kutu, on vit comme dans une grande famille. Un enfant appartient à la communauté et son succès, son malheur, doivent être partagés par tous.

Après avoir rompu la glace par un sourire charmeur et serré plus de mille mains, Riccardo s'est retrouvé devant la famille restreinte de Bilia et a expliqué les raisons de sa visite, en soulignant ce qu'il a fait pour obtenir la libération du garçon.

– Père, a dit Liau, un des frères, c'est une occasion à ne pas manquer.

– Mais tu te rends compte que ton frère risque de s'en aller pour toujours ? Quand le reverrons-nous ? Et puis, il est si jeune, a répliqué Mbuta Kiesse, le père, un homme qui pèse ses mots.

Grand et maigre comme tous ses enfants, Mbuta Kiesse a gardé, malgré ses soixante ans, toute la force de sa jeunesse. L'alcool a marqué son visage et sa vie mais, il y a quelques années, il était encore intact. On raconte que la mort de sa femme l'a blessé dans son corps et son âme au point de lui faire perdre la notion du temps ; d'autres disent que c'est la situation générale du pays qui l'a transformé en un moins que rien. Ayant perdu sa femme, son travail, vécu toute une série de malheurs, Mbuta Kiesse ne s'est plus jamais repris. Il a malheureusement trouvé dans le sommeil et l'alcool ses uniques alliés. Dans ses moments de lucidité, il occupe son temps à cultiver son jardin, que tout le monde lui envie.

– Qu'est-ce que tu préfères ? Le voir moisir en prison ? Quel avenir tu lui offres, ici ? C'est vrai, monsieur, que là où il ira il continuera à faire des études ? demande encore Liau, comme pour convaincre le père de laisser partir Bilia.

– Oui, oui, tout à fait, le rassure Riccardo. Le ballon est important. Mais je vous garantis qu'il ira à l'école.

Après une série de phrases échangées en langue bantoue, le père dit à Riccardo :

– Donnez-moi un jour pour y penser. Je dois en parler avec ma défunte épouse, elle aussi doit participer à cette décision.

– Bien sûr, bien sûr, tout le temps qu'il vous faut, réplique Riccardo.

Bilia, qui n'a pas ouvert la bouche pendant toute la discussion, accompagne son hôte jusqu'au bout du quartier et chemin faisant lui dit :

– Je ne sais pas si ce choix est le bon. Je ne sais pas si je veux jouer au ballon, mais si mon père dit oui, je ne m'opposerai pas à sa décision.

Tout d'un coup, il doute. Ce qui lui semblait sûr auparavant est désormais incertain. Quitter sa maison, ses amis, sa grande famille pour aller dans un pays inconnu l'effraie. Peut-être qu'il serait mieux là, à continuer comme ça, comme tout le monde, en vivant d'expédients, jour après jour. Mais...

Riccardo l'a observé. Il a vu ses yeux se dilater, se concentrer, suivre ses pensées. Il a vu un gamin inquiet, angoissé. Maintenant il dit ce qu'il pense, parce qu'il croit en lui et en ses possibilités, parce qu'il a décidé qu'il voulait l'emmener.

– Eh, personne ne t'oblige, moi je veux juste t'aider. Tu m'es sympathique et tu es intelligent, mais tout dépend de toi.

– Tout ça me dépasse, mais si vous croyez que je suis vraiment doué, je suis prêt à vous suivre et je ferai tout ce que je peux pour ne pas vous décevoir. Si mes parents sont d'accord, naturellement.

– Merci, champion, à demain !

Ils se serrent la main pour la première fois, scellant ainsi une amitié en noir et blanc, quelle qu'en soit l'issue.

Riccardo monte dans sa voiture et repart.

A Ndjili, on ne parle que de ça. L'un d'entre eux a la possibilité d'aller en Europe jouer au foot. La nouvelle a amené tout le quartier dans la maison de Bilia. Chacun veut dire ce qu'il en pense. Chacun veut aider à sa façon le père du garçon à prendre la meilleure décision possible.

Ainsi, après les visites, qui se succèdent à un rythme ininterrompu, une réunion est convoquée d'urgence. C'est que Bilia n'appartient pas seulement à son père, mais à tout le monde. Depuis la mort de sa mère, le gamin a grandi dans toutes les maisons du quartier. Aujourd'hui on décide de son destin.

— Pour moi, le petit vaut énormément, et il doit donc être payé cher, dit Mbuta Alube, le voisin.

— Ne compliquons pas les choses, essayons de réfléchir dans le calme, réplique Vieux Jean.

— C'est vrai, c'est vrai, regardons la réalité en face, intervient Papa André. Ce gamin pouvait finir sa vie en prison, il glissait sur une mauvaise pente, mais maintenant...

— Ne revenons plus sur ces choses, coupe Vieux

Nkongulo. Ce qui s'est passé est derrière lui. Maintenant il faut décider quoi faire et donner une réponse à l'homme blanc.

— De lui, nous ne savons rien, comment pouvons-nous lui donner notre fils ? Nous devons l'interroger et chercher à en apprendre davantage, propose Mbuta Nkiala.

Après des heures de discussion, personne n'a réussi à trouver une réponse. Chacun d'eux a dit ce qu'il pensait et, après avoir vidé trois caisses de bière, chacun rentre chez lui avec l'espoir que la nuit lui portera conseil.

Seul dans son coin, étendu sur la natte qui lui sert de lit, Bilia ne dort pas. Bien au contraire, il médite sur son sort.

— Je ne veux pas grandir. Je veux faire quelque chose pour les miens, même petit. Quel sens a tout cela ? J'ai peur et mon cœur bat fort. Maman, dis-moi ce que je dois faire.

Comme par magie, Bilia entend frapper à sa porte. Serait-ce sa mère ? Qui cela peut-il être à cette heure? Du calme, petit, c'est Ise, son meilleur ami, son jumeau : le hasard a voulu que les deux gamins soient nés le même jour, à trente minutes d'intervalle. D'abord Ise, puis Bilia.

– C'est toi ? Tu ne dors pas encore ?

– Non... je continue à penser à ton départ.

Ise s'allonge à côté de son ami, il lui parle, il pleure.

– Ne fais pas l'idiot, la vie n'est pas comme le *fula-fula* qui s'arrête à chaque arrêt et refait le même trajet tant de fois, toujours plein de monde. Aujourd'hui tu dois monter tout seul dans l'autobus qui est en train de passer devant toi. Ce que t'offre l'homme blanc est une opportunité rare. Tu comprends ?

– Ne t'y mets pas toi aussi, depuis ce matin tout le monde décide pour moi.

– Moi je ne décide pas, je te parle. Tu veux que ton prochain arrêt soit encore Kitambo ?

– Non, non. Ise, tu es un vrai ami. Et toi, qu'est-ce que tu feras ? Continue à vendre ton poisson, ne vole jamais.

– Il n'y a pas de danger, mon ami, je sais quoi faire, et tu es la route qui m'emmènera loin d'ici.

– Bien sûr, ça c'est certain. Si mon père et les

ancêtres choisissent l'Europe, sois sûr qu'un jour tu me rejoindras.

Sans faire de bruit Ise se lève, embrasse Bilia, ouvre la porte et fait un signe d'adieu de la main. C'est leur dernier au revoir.

Le rite

Le garçon s'endort en attendant la décision de son père. Pour la première fois depuis des années, Bilia ne voit plus en lui un ivrogne, mais l'homme capable de choisir le bon chemin pour son fils, l'homme en qui il peut avoir confiance. Et, pour la première fois, son père veille encore. Il voit en Bilia le fils qu'il n'a pas su aider jusqu'à maintenant et qui compte sur lui pour décider de son destin. L'idée de ne plus le revoir l'attriste. En pensant à sa femme, une larme mouille son visage, et un sommeil paisible, plein de beaux souvenirs, s'empare de lui et l'emmène.

Quelques jours plus tard, comme prévu, une autre rencontre a lieu avec le reporter. On discute longtemps, Mbuta Kiesse veut savoir clairement quel sera le destin de son fils en Europe, dans les moindres détails. Riccardo répond à toutes les questions, explique, commente, informe, rassure.

A la fin, tout le groupe réuni pour décider du sort de Bilia garde le silence, pendant un instant qui semble un siècle. Riccardo attend le verdict. Il est tendu, nerveux. Mbuta Alube se lève alors et dit :

– Riccardo, cet enfant est né les pieds en premier : pour nous, c'est un prédestiné. C'est justement grâce à ses pieds que nous nous sommes rencontrés. S'ils doivent lui donner travail, bonheur, famille et tout le reste, moi je les bénis. C'est à toi maintenant de l'aider à parcourir le reste de la longue route. Mais, n'importe où il ira, le dieu des ancêtres et tous les esprits de la forêt du Mayumbe seront toujours avec lui. J'en ai terminé.

Riccardo inspire profondément, il sourit.

– Merci à tous, vous ne le regretterez pas.

Je comprends le sacrifice que vous faites en laissant partir cet enfant. Bilia reviendra vite.

Après avoir conclu cet accord, Riccardo s'éloigne, laissant Bilia aux mains du plus âgé, Alude. L'heure des rites de bénédiction pour l'enfant qui s'en va a sonné. En présence de son père, de son frère et des esprits des ancêtres appelés pour l'occasion, le vieil Alude inonde la tête de Bilia de vin de palme. En prononçant des mots en vieux dialecte du Mayi Ndombe, l'homme bénit le garçon. A chacune de ses phrases, le père et le frère répondent en chœur : « De la tête aux pieds, Bilia est béni.» La cérémonie est longue et ennuyeuse pour le jeune garçon, qui subit les gestes et les phrases dans une sorte d'étourdissement, ne parvenant pas à donner un sens à tout ce qui se passe. La seule chose qu'il sait, c'est qu'il a été entendu par ce Dieu qui effaçait les péchés de son ami Zepele. Maintenant tout est nouveau pour lui. Il lui reste à affronter un monde nouveau, le monde de Riccardo.

Le dernier jour

B ilia va en Europe. C'est le refrain qu'il entend répéter dans tout le quartier, où qu'il aille, maintenant que tout le monde sait quelle décision ont prise les hommes, maintenant que le départ est proche. Les gamins de son âge ne le jalousent pas, mais ils ont conscience que l'un d'entre eux a eu de la chance.

— Ne gâche pas cette occasion, lui dit Matumona, un garçon qui a perdu sa chance en route. Tu vois, Bilia, moi j'ai essayé, mais j'ai été jeté dehors.

– Quoi ? Ils peuvent te chasser de l'Europe ?
Mais de quel genre de monde s'agit-il ?

– Non, non, moi je n'y suis même pas arrivé.
Toi tu entres de façon légale, accompagné par
quelqu'un. Moi j'ai essayé avec un groupe de personnes, et on n'avait pas bien compris comment
on entre en Europe. On était clandestins, comme
ils disent. Et ils nous ont renvoyés. Mais à toi ça
n'arrivera pas.

– J'espère que tu dis vrai, dit Bilia, un peu
inquiet.

Après avoir écouté longuement les commentaires des gamins de son âge, Bilia est convaincu
que tout le monde a choisi pour lui le bon endroit
où grandir. Maintenant il faut attendre, voir ce
qui va se passer.

Pour que son protégé ne voyage pas en
haillons, Riccardo l'accompagne au marché.

– Il te faut des vêtements. Au moins une valise,
un sac, tu dois prendre quelque chose.

– Il en faut des choses pour ce voyage ! Ça me
donne presque envie de rester, lance Bilia, agacé.

L'idée de ne pas être « assez bien » pour les

Européens ne lui plaît pas. Chez lui, personne ne lui a jamais dit que ses vêtements ne convenaient pas.

— Tu n'as plus envie d'aller en Europe ? Tu veux tout annuler ? Pense au vieil Alube, pense à ton père, à ton frère, au quartier, lui dit Riccardo.

— Tu as raison, mais si pour voyager il faut des chaussures, je n'en ai pas...

— Ne t'en fais pas, nous allons justement au marché pour ça. On verra bien ce qu'on y trouve.

Riccardo est habitué au désordre du marché et à la façon de se comporter parmi les étals : la règle générale est de baisser le prix, de marchander jusqu'au dernier franc. Avec un guide comme Bilia, on peut vraiment faire de bonnes affaires. Le gamin a besoin de tout : pantalon, chemises, tee-shirts, chaussettes, chaussures de tennis, jeans. Bref, il faut l'habiller des pieds à la tête. Et ce n'est pas la peine d'entrer dans une boutique, à Kinshasa on trouve de belles choses parmi les *friperies*, dans les étalages de vêtements d'occasion. Au marché tout se vend et on trouve de tout, il suffit de mettre la main au portefeuille en surveillant les voleurs et en marchandant. Bilia n'en croit pas ses yeux. Riccardo lui a laissé le champ libre, il peut choisir.

– Du moment que tu ne choisis pas les couleurs de ta tribu... lui dit-il.

– Très drôle. Je te signale qu'ici il y a des gens qui s'habillent bien. Il suffit de copier ceux qui sont dans les magazines, réplique Bilia, piqué au vif.

– Ceux qui sont dans les magazines ? Je n'ai quand même pas autant d'argent. Ce sont des vêtements qui coûtent les yeux de la tête.

– Comment ? Non, tu n'auras pas besoin de vendre ton œil, plaisante Bilia. Je sais être raisonnable, ne t'inquiète pas, tu verras que je ferai bonne impression en Europe. Je n'habite pas dans la forêt. Je suis de Kinshasa. Tu sais ce que ça veut dire ?

– Non, j'admets mon ignorance. Mais dépêche-toi !

Après les premiers moments de panique – il n'a jamais acheté autant de choses en une seule fois –, Bilia a envie de tout emporter. Il aurait aussi voulu emmener avec lui un autre gamin de son quartier, se contenter du minimum pour donner quelques vêtements aux autres, mais cela ne dépend pas de lui et il ne peut pas demander plus à Riccardo. Ce que Bilia ne sait pas, c'est qu'il peut vraiment demander beaucoup à Riccardo, il pourrait même ajouter dans son panier tout ce dont il a toujours rêvé pour lui, pour sa famille et pour ses amis. Un footballeur de talent coûte cher. Mais disons-le à voix basse, parce que Bilia ne le sait pas.

Content de ses achats, il surveille sa petite valise comme si c'était un trésor. Pour la première fois il possède une valise, avant il n'était jamais allé nulle part : rien au monde à cet instant ne peut avoir autant de valeur. Et il a même trouvé le temps de se changer. Il est difficile de le reconnaître avec ses nouveaux vêtements : jeans et tee-shirt, et une vraie paire de baskets aux pieds, de marque.

– Tu as vraiment l'air de sortir d'un magazine, Bilia, lui dit Riccardo avec un petit sourire.

– Ne te moque pas de moi, les chaussures me font mal, je me sens comme...

– Un poisson hors de l'eau. Résiste, maintenant on prend un taxi et tu n'auras plus à marcher.

– Pour une fois je suis d'accord, même si je n'ai pas compris cette histoire de poisson. Riccardo, mais pourquoi tu parles toujours de façon aussi étrange ? En Europe, ils sont tous comme toi ?

– Non, je suis une exception. Les autres sont un peu comme toi, tu verras, il y a de quoi rire. N'y pense pas maintenant.

– D'accord, mais j'ai mal aux pieds, je m'arrête ici et je t'attends. Où est le taxi ?

– Le voilà !

Taxi, taxi ! La voiture s'arrête pile devant Bilia, le chauffeur lui adresse un sourire et tend la main pour prendre sa valise et la mettre dans le coffre. Pas question, Bilia n'a pas l'intention de laisser son trésor, le contenu en est trop précieux, tout comme le contenant. Ce n'est qu'à contrecœur que le chauffeur accepte de perdre une place dans son taxi pour laisser la place à la valise de Bilia – à Kinshasa, les taxis sont comme les autobus, ils s'arrêtent plusieurs fois au cours de leur trajet ;

les passagers sont plusieurs à partager le même véhicule, chacun peut descendre où il veut.

Depuis le jour où il a été béni par les rites africains, Bilia n'est plus rentré à Ndjili. Il a alors pris congé des siens et, pendant les deux derniers jours qui ont précédé son départ, il n'a cessé de penser à tout ce qu'il laisse derrière lui. Ce qu'il va trouver est un mystère, une inconnue. Depuis le jour où Riccardo est apparu, sa vie a complètement changé. Maintenant, Bilia dort dans un hôtel. Il y a quelques jours seulement, il se serait arrêté devant l'entrée pour demander l'aumône aux touristes. Aujourd'hui il est invité. Roi d'un jour. C'est comme ça qu'il se sent, en se regardant dans la glace et en écoutant à fond la rumba congolaise, la belle musique que passe la radio nationale. Il mange au restaurant, choisit ce qu'il veut. Il profite des nouveautés, des surprises de sa nouvelle vie, et il oublie presque que c'est son dernier jour au Congo, pour qui sait combien de temps... Mais il vaut peut-être mieux l'oublier.

Le voyage

En avion, pour la première fois, à deux pas des nuages. Le voyage est une vraie découverte pour Bilia. Pendant tout le trajet il n'a pas ouvert la bouche ; Riccardo ne veut pas le réveiller. Car Bilia ne dort pas : il rêve. On lit dans ses yeux le mot rêve. Tout ce qui lui est arrivé lui semble impossible. Ses pensées volent jusqu'à ce jour-là, au marché, au caporal Katanga, aux détenus de Kitambo, la prison pour mineurs, à son père, à sa mère qui est morte et à ses frères. Tout cela est loin. De la fenêtre de l'avion, le jeune garçon regarde les nuages qui lui semblent tellement différents vus de là-haut, et il a l'impression d'être transporté dans un autre monde. Tout ce qu'il voit représente un morceau de sa vie passée. Parfois, dans les nuages, sa mère lui apparaît, parfois c'est son quartier, les enfants qui ne sont plus tristes mais joyeux, Zepele qui continue à prier son Dieu, confiant. Et puis, d'un autre côté, Bilia se voit participer à une nouvelle aventure. Tous les siens ont accepté de le laisser partir, ils ont remis son destin entre les mains d'un homme, un inconnu. Mais Bilia a une grande confiance en cet étranger qui est devenu un ami, et il est convaincu de la bonté de ses intentions. Le mot ballon a eu un effet magique sur lui, même s'il ne cache pas sa peur d'affronter un monde nouveau. Que de pensées, que de questions il voudrait poser à son compagnon de voyage, que de choses nouvelles il a déjà rencontrées sur sa route ! L'inconnu fait partie du voyage et le futur est inscrit quelque part. Bilia croit au destin et voudrait tant écrire le sien, mais c'est un don réservé aux dieux. « Pauvre de moi, qui sait où me portent ces nuages ? » se demande-t-il.

Riccardo le fait revenir à la réalité :

— Bilia, nous sommes arrivés, regarde !

Bilia jette à nouveau un coup d'œil par le hublot et lance :

— Par le dieu de la forêt, toutes ces maisons très hautes... qu'est-ce que c'est ? Où ai-je atterri ?

— Pas de panique ! La vie ici n'est pas si différente de la tienne, ce sont seulement les hommes qui changent.

— Seulement ?

Bilia n'a même pas le temps de répondre. Il se retrouve à l'extérieur de l'avion et pendant un instant reste paralysé.

— Riccardo, réussit-il à marmonner, je n'ai jamais vu autant d'hommes blancs de ma vie.

— C'est normal, tu n'es pas en Afrique. Ici ils sont blancs pour la plupart, mais n'aie pas peur : il y a aussi des Africains, des Chinois, des hommes venus de tous les continents...

— D'accord, mais ne me lâche pas la main.

— Pas de panique, champion !

Et c'est ainsi que Bilia, tenu par la main comme un petit garçon, commence une nouvelle aventure.

Le passé est derrière lui. Le jeune Africain se souviendra toujours de l'histoire de Kazadi, le jeune homme disparu dans les eaux qui séparent les quartiers de Debonhomme et de Ndjili. Comme tous les gamins du quartier, Kazadi adorait pêcher, c'était l'unique passe-temps qu'il s'était accordé quand il ne déambulait pas devant les vitrines de Kalina, au centre de la ville, rêvant à une vie normale, une vie d'enfant. Un matin, on le retrouva avec sa canne à pêche à la main, loin de son endroit habituel, mort. Sans s'en rendre compte, Kazadi avait mis les pieds sous les fils à haute tension. On parla d'une imprudence. Il n'eut pas d'autre épitaphe. Telle est la vie des *faseurs*, les sans-abri.

Cette ancienne vie, ces amertumes et les torts subis, Bilia ne veut pas en parler. La peau de banane s'est transformée en quelque chose de magique. En un instant, le marché, la police, la vendeuse, la prison pour mineurs, Zepele, tout lui semble un lointain souvenir. Il repasse dans sa tête le film de sa vie, et il a l'impression que c'est l'histoire de quelqu'un d'autre.

L'école, les écoles

L'Europe et l'Italie sont différentes de la vision qu'on a d'elles dans les journaux congolais. La nouvelle vie de Bilia a commencé à l'école. En cinquième, même si Bilia a quatorze ans : il ne connaît pas l'italien, pas encore. Et les autres matières ? Mieux vaut ne pas en parler....

– Voici Bilia, a annoncé à la classe Rosy, le professeur d'histoire.

C'est elle qui faisait cours quand le jeune garçon a été accompagné à l'école pour la première fois.

– Excusez-moi, madame, d'où vient ce nom ? a tout de suite demandé un des élèves, un petit bouclé à l'air malicieux.

– C'est un prénom. Il vient du Congo, un pays lointain qui se trouve au cœur de l'Afrique.

– Quelle langue on parle au Congo ? a demandé Rachel, une blonde aux yeux verts.

– Le français et d'autres langues locales, a expliqué le professeur. Les enfants, soyez gentils d'aider Bilia, il a besoin de parler italien, et vous, de rafraîchir un peu votre français.

Bilia a certainement besoin de parler italien, car il ne connaît que quelques mots. Mais il doit essayer de communiquer, pour ne pas avoir l'air d'un idiot. Son esprit essaie de capter tous les mots, mais son cœur est ailleurs, tout entier avec le ballon. « Je croyais que j'étais venu ici pour jouer », marmonne-t-il en lui-même, tandis qu'il s'efforce, presque malgré lui, de comprendre ce que disent ses camarades. Il sait bien qu'il est important de pouvoir communiquer. Mais il a hâte d'être sur le terrain et de commencer à courir derrière un ballon.

Et le grand moment arrive. En Italie, c'est l'hiver, mais on joue, et c'est déjà un choc pour Bilia, habitué à la chaleur de son pays. Dans les vestiaires, Mariano, le professeur de gymnastique, lui explique certaines choses avant de le lancer dans la mêlée.

– Bilia, tu ne dois pas avoir peur, ce sont des garçons de ton âge.

– Mais... J'ai froid, je ne sais pas ce que je dois faire.

– Froid ? Eh bien... ça se comprend. Tiens, mets ça sur ton tee-shirt, et enfile ce jogging. Tu verras, commence à courir et tu auras vite envie de te déshabiller.

– Merci. J'essaierai de faire de mon mieux.

Dehors, le prof rappelle un gamin pour laisser la place à Bilia. C'est un milieu de terrain. Pour le jeune garçon, c'est la première fois, tout le monde attend quelque chose de spécial. N'est-ce pas le petit nouveau arrivé d'Afrique avec ses pieds en or ? Pour Bilia, c'est l'occasion de faire ce qu'il a toujours désiré : bien jouer. L'équipe est celle de son école, les adversaires ont son âge, il n'y a donc pas à s'inquiéter.

Sur le terrain, Bilia est le seul garçon noir, une touche de couleur dans la marée des jeunes Blancs, en somme. Il s'entend tout de suite instinctivement avec un de ses camarades, ils se font des passes, réalisent quelques dribbles et s'aventurent une ou deux fois à attaquer. Plus d'une fois on a entendu un « bravo » s'élever depuis le banc de touche. Était-ce pour Bilia ? La partie continue à un bon rythme, les garçons s'impliquent et l'on assiste à des échanges intéressants. Le jeune Africain réussit à fournir en bons ballons ses deux attaquants. Il exécute bien sa tâche. Quelquefois il veut en faire trop, mais on le rappelle sévèrement à l'ordre.

Peu de temps avant la fin, Bilia attrape la balle venue du milieu de terrain adverse, il lève la tête, demande une passe à l'un de ses coéquipiers, écarte deux défenseurs et, face à face avec le gardien, il tire un coup qui atterrit sur le poteau. Nooon ! Mariano s'arrache les cheveux. Il aurait vraiment voulu fêter le début de son joueur africain avec un but.

Pendant ce premier match, Bilia a eu toutes les

occasions qu'il voulait pour prouver sa valeur. Désormais on ne doute plus de ses capacités, mais à son âge il est facile de perdre pied. Mariano continue à le maintenir sous pression, quelquefois il le fait s'asseoir sur le banc de touche. Il lui arrive même de ne pas jouer. Bilia fait la tête, il se sent minable, il a peur de ne pas avoir montré ce qu'il sait faire avec un ballon.

Pendant toute cette période, il ne s'est pas aperçu des négociations qui ont été menées autour de lui. Ses premiers entraînements sont observés, ses coéquipiers n'arrêtent pas de lui poser des questions sur sa technique, et chacun peut se rendre compte que le garçon arrivé du Congo sait parler à un ballon. Riccardo ne s'est pas trompé. Mais si Bilia se sent très bien quand il est sur le terrain, dans la vie quotidienne, quand il n'utilise ses pieds que pour marcher, il a quelques difficultés. Riccardo lui a trouvé un logement au pensionnat San Paolo, une structure où sont accueillis de nombreux enfants venus d'un peu partout. Beaucoup de ces jeunes sont des élèves de l'école de foot, d'autres sont des gamins qui vivent au pensionnat et rentrent chez eux le week-end. Le pensionnat est géré par des religieux et Bilia doit donc participer aux messes du dimanche, à la prière du matin avant d'aller à l'école, à celle du soir avant de manger et de dormir. Il le fait volontiers, il aime les chants, les prières, ça lui fait penser au Dieu de Zepele. Les chambres sont pour deux, Bilia partage la sienne avec Paolo, un géant pour son âge. C'est souvent lui qui guide son camarade dans les méandres de son nouveau monde, qui explique, dissipe les doutes.

Au début, la première neige, le premier brouillard, les champs gelés et les entraînements au gymnase ne lui font pas perdre sa capacité de jouer, et de bien jouer. Bien sûr, ce n'est pas toujours facile. Surtout pendant les matchs sur différents terrains. Comme cette fois où en essayant d'enlever le ballon à son adversaire, il a reçu un coup de coude. Un choc dû au hasard du jeu ? Non, vu le chahut que ça a provoqué sur le terrain et sur le banc de touche. Un geste prémédité pour mettre hors de combat un joueur vraiment embarrassant ? Pour son entraîneur, Bilia a été frappé délibérément. Protégé par son équipe, le garçon venu d'Afrique a eu en cette occasion la confirmation qu'il cherchait depuis longtemps : ses coéquipiers l'apprécient et quelqu'un croit en lui.

Il a d'ailleurs su conquérir la confiance de tous. Mais entre l'école et les entraînements, la vie n'est pas toujours rose. Rien n'est plus comme avant, et l'école n'est pas facile. Les difficultés s'amoncellent, difficultés dues à la nouvelle langue, mais aussi au fait que Bilia ne sait pas très bien lire et écrire. Chez lui, au Congo, il est allé à l'école quand il était petit, jusqu'à dix ans. Puis de moins en moins, seulement lorsqu'il en avait envie. Mais ici, pour jouer au ballon, il faut aller à l'école.

— Je ne dois tout de même pas écrire avec un ballon, se lamente Bilia. Chez nous, il suffit d'avoir de bons pieds. Lire et écrire c'est pour les intellos, pas pour les joueurs.

— Sans études tu ne vas nulle part, Bilia. Mets la même application dans les études que dans les entraînements et tu feras ton chemin, lui répète Riccardo.

– Plus que celui que j'ai déjà parcouru pour arriver jusqu'ici ?

– Beaucoup plus, répond Riccardo.

Le rôle de Riccardo dans la nouvelle vie de Bilia a été fondamental. Le journaliste est-il un découvreur de talents ? Seulement par hasard. Lui-même ne s'attendait pas à trouver sur sa route une perle comme Bilia. Il s'applique à le soutenir, s'occupe de lui et participe à sa vie quotidienne sans prendre l'espace et l'air nécessaires à un garçon de son âge ; Riccardo sait qu'il ne faut pas l'étouffer. Depuis le premier jour, depuis qu'il l'a vu jouer, jusqu'à la rencontre avec le caporal Katanga et la famille de Bilia, il a tout fait pour l'emmener avec lui, en trouvant les moyens et en dépensant un peu d'argent.

A chaque fois qu'on parle de Bilia et de quelque changement que ce soit, Riccardo est toujours au centre des négociations. C'est un moyen de récupérer, au moins en partie, ce qu'il a dépensé pour le faire venir en Italie. Mais c'est aussi une façon

de faire ce qu'il y a de mieux pour le garçon. Essayer. Riccardo devient son manager : en gros, il discute avec les autres, à la place de Bilia, pour leurs intérêts communs. C'est ce qui s'est passé quand il s'est agi pour le jeune garçon de passer d'une équipe d'amateurs à la catégorie supérieure. Mais cette fois-là, les choses ont été plus difficiles.

Bilia continue à se plaindre de l'école !

– Histoire, géographie, mathématique, musique, répète-t-il, et pourquoi pas la danse ?

Sans parler de l'italien. L'école, ce n'est pas comme jouer au ballon, activité qui est naturelle pour lui, comme la marche. Sur les bancs de l'école, il faut beaucoup de travail et de sérieux. Bilia écoute Riccardo, mais il n'arrive pas à comprendre pourquoi tous les enfants de son école ne jouent pas au football. Les joueurs sont un groupe restreint, les autres viennent et travaillent, mais ne jouent pas. Quel mystère ! Jouer est tellement plus amusant...

Pour se mettre au niveau des autres enfants, Bilia a besoin d'une aide supplémentaire.

Heureusement, il a trouvé, en la personne de son professeur d'italien, un tuteur efficace. Le professeur Bianchi fait tout ce qu'il peut pour l'aider, après l'école, entre les cours et les entraînements. Pour Bilia, habitué à errer dans les rues de Kinshasa sans que personne ne lui dise ce qu'il doit faire, les règles de sa nouvelle vie sont trop dures.

— Je n'arriverai jamais à vivre ici, répète-t-il sans cesse.

— Tais-toi, paresseux, et mets-y du tien, dit Riccardo quand il perd patience, ce qui lui arrive assez souvent.

— Moi je voulais jouer au football ! C'est ça que tu m'avais dit ! se lamente Bilia, et il fait la tête comme un petit garçon.

— Rappelle-toi les paroles des tiens, Bilia : tu ne dois pas les décevoir, lui dit Riccardo, qui n'hésite pas à jouer sur la corde sensible de la fidélité à la famille.

— Justement, ils attendent un grand footballeur, pas un savant, lui fait remarquer Bilia.

— Personne ne veut faire de toi un savant, mais

tu dois apprendre les choses que tous les enfants de ton âge savent et obtenir un diplôme.

– Un diplôme ? Hé, Riccardo, tu m'en demandes trop, ce n'était pas dans le contrat !

– Du calme ! Ne t'en fais pas, chaque chose en son temps. Ensemble on y arrivera, tu verras, le rassure Riccardo.

Mais parfois lui aussi est perplexe. Peut-être que la pression est vraiment trop forte pour Bilia ; sa vie a changé trop vite. Le jeune garçon est intelligent, il est vif, mais de temps en temps il se décourage. Et s'il n'y arrivait pas ?

Bilia a compris une chose, en discutant avec Riccardo et en observant ses coéquipiers : le foot est une chose sérieuse, surtout pour les gamins. Et il est tout à fait prêt à prendre les choses au sérieux, tout comme il mettrait volontiers de côté ses livres d'école. Il est toujours le premier à se présenter aux entraînements. Après le tour du terrain et quelques exercices d'échauffement, il suit avec beaucoup d'attention les leçons de tactique et de stratégie. Et son regard s'éclaire quand on passe de la théorie à la pratique.

– Bilia, un ballon, ce n'est pas du pain, lui dit souvent l'entraîneur, tu ne dois pas le manger des yeux.

– Le ballon est tout pour moi, monsieur l'entraîneur, mais ce que j'aime le plus c'est son odeur.

– Qu'est-ce que tu racontes, l'odeur du ballon ?

– Oui, il a une odeur spéciale. Et puis le terrain, l'herbe... Pour moi, pouvoir courir après ce ballon c'est comme pouvoir voler pour un ange.

L'entraîneur s'autorise un demi-sourire. Puis il redevient sérieux :

– Bilia, il vaut mieux que tu gardes les pieds sur terre. On n'a pas besoin d'anges ni de poètes. Passons au dribble.

Par l'intermédiaire du ballon, Bilia essaie de découvrir son nouveau monde. Il n'a pas beaucoup d'occasions de faire de nouvelles rencontres : ses amis sont ses camarades de classe, surtout Paolo et Filippo, les deux gamins de l'équipe de foot avec lesquels il s'est tout de suite lié d'amitié et qui habitent le même pensionnat. Paolo est gardien et, pour Bilia, un des plus forts de sa catégorie. Même à l'entraînement, il est difficile de lui mettre un but. Grâce à son mètre soixante-dix, il couvre non seulement la hauteur de la cage mais aussi toute la largeur avec ses bras. Depuis qu'ils se sont rencontrés, les deux garçons sont devenus amis, même s'ils ne vont pas dans la même école.

— Être dans les buts, pour moi, c'est comme garder un trésor que l'on ne doit pas se faire dérober, dit Paolo.

— Alors tu ne joueras jamais au gendarme et au voleur, plaisante Bilia.

— Oui, c'est tout à fait ça. Les joueurs qui me mettent un but sont des voleurs, ils veulent voler mon trésor.

— Heureusement que tu es le meilleur. Combien de fois ils te l'ont volé, ton trésor ?

— Plein de fois, trop souvent. C'est dur d'être gardien de but.

— Je me demande toujours ce qui pousse quelqu'un à rester dans les buts pendant que les autres s'amusent sur le terrain. Mais je suis heureux que tu es notre gardien.

– On dit « que tu sois ». Et moi je suis heureux que tu sois mon milieu de terrain. Chaque rôle est important, il faut respecter les consignes de l'entraîneur, chercher à se comprendre les uns les autres et défendre son équipe. C'est ça le football.

– Qu'est-ce que tu parles bien, Paolo ! A t'écouter, on dirait vraiment un expert en foot, avec tes lunettes.

– Et toi ? Tu ne te vois pas quand tu es sur le terrain ? On dirait un dieu prêt à faire des miracles. Tu ressembles au nouveau Pelé ou peut-être à Maradona.

Filippo, lui, joue en défense : c'est un roc. Pour lui le jeu est un pur divertissement ; sa véritable passion, c'est le cinéma. D'ailleurs tout le monde l'appelle Al Pacino, à cause de sa ressemblance avec l'acteur. Il ne cherche pas à faire une carrière sportive, il attend d'avoir son diplôme pour pouvoir entrer au conservatoire. Il rêve de jouer dans un film comme *Fuga per la vittoria*[1], où certains vrais footballeurs ont joué leur propre rôle,

1. *En avant vers la victoire.*

comme Ardiles, Pelé et d'autres. La passion de Filippo, c'est le cinéma et parfois, quand il joue au ballon, on ne sait pas s'il joue la comédie ou s'il est sérieux. C'est peut-être le seul défenseur au monde qui ne se salit jamais, ne se décoiffe jamais, et on irait même jusqu'à penser qu'il ne transpire pas.

Quand Filippo parle football – oui, il parle : parce que, pour lui, jouer c'est comme parler –, Bilia retrouve sa joie de vivre. Il est alors capable de rester pendant des heures en écoutant les instructions de l'entraîneur, il pose des questions dans son italien mêlé de français mais toujours plus précis, parce qu'il n'est pas borné, il apprend et pendant le match il est toujours en première ligne. Sa façon de jouer plaît beaucoup, mais il n'arrive pas à se débarrasser d'un défaut qu'il a toujours eu : celui de garder la balle.

– Passe le ballon ! lui hurle sans cesse l'entraîneur.

Mais Bilia a l'impression que la balle est à lui, rien qu'à lui, et qu'il doit la garder.

Une larme

Pour jouer au ballon, il y a des règles et quelquefois il faut les apprendre sur le tas, en se basant sur sa propre expérience pour comprendre.

En plus des entraînements et des horaires à respecter, les jeunes footballeurs doivent aussi apprendre à manger, bien et avec mesure. Pour ça, il y a un médecin.

— Le médecin ? Pour me dire quoi manger ? Dieu de mes ancêtres ! En Europe, il y a vraiment de drôles de règles, s'étonne Bilia.

– Oui, mon petit, pour jouer au football tu ne dois pas seulement bien t'entraîner mais aussi manger comme il faut, dit l'entraîneur.

– Et...

– Et aujourd'hui c'est risotto à la milanaise, betteraves en salade, courgettes et escalope de poulet.

Pour Bilia, ce n'est pas un repas mémorable, il goûte, il mange, il se force vraiment. Mais en toute sincérité, il n'a pas apprécié. Le risotto est étrange, les betteraves un peu amères. Tout d'un coup la nourriture de sa terre lui revient en mémoire. Un bon *pondu*, des feuilles de la plante de manioc, et *na loso*, du riz. Chez lui, personne ne pense à ce qu'il doit manger avant le match, c'est déjà difficile de savoir s'il mangera le lendemain.

La vie de footballeur est dure. Bilia ne s'attendait pas à toutes ces séances d'entraînement. Pour lui, jouer au ballon c'était autre chose. L'idée qu'il avait d'une équipe était celle d'un groupe d'amis, avec quelques shoots et voilà. Pas d'entraîneurs avec des instructions à suivre, d'horaires à respecter, de nourriture contrôlée, de discipline. Bilia repense à tout ce qui est arrivé depuis six mois, et il y a des moments où il voudrait que rien n'ait changé. Il se revoit libre et heureux à Kinshasa, et il semble oublier que liberté et bonheur avaient là-bas le goût du renoncement. Maintenant il voit les choses d'un autre point de vue. Il a accepté l'idée de Riccardo seulement parce qu'il n'avait pas le choix, se dit-il. Si ça n'avait tenu qu'à lui, il aurait cherché en Europe un autre moyen pour aider les siens. En étudiant, ou plutôt, en travaillant, peut-être même en jouant dans une équipe, mais seulement en dilettante, pendant son temps libre, sans trop d'entraînements.

Entre l'école et les matchs, le jeune garçon a tout de même trouvé le moyen de faire quelques rencontres, et ça lui fait du bien. Sa terre est toujours un beau souvenir, et il ne perd pas une seule occasion de parler de son pays. Vivre en Europe, c'est différent. Bilia ne s'est pas encore habitué aux immeubles, pas même à son pensionnat : sa maison, c'était la rue. Maintenant tout a changé, et parfois il lui arrive de penser avec nostalgie à son enfance, aux odeurs des *wenze*, ces marchés disposés en tache d'huile, ici et là, à Kinshasa, aux déluges qui s'abattent sur la ville comme si c'était la fin du monde, à ses amis qui sont restés là-bas.

— Tu sais, Paolo, mon pays est comme une mère. Il m'a bercé, même s'il m'a fait souffrir.

— Comment ça, souffrir ?

Paolo est devenu son meilleur ami, celui à qui Bilia se confie le plus facilement. C'est le mois de mars, le temps est plus doux, il est possible de rester dehors plus longtemps, après cet hiver sombre dont le jeune Africain se souvient comme d'un tunnel. Il profite aussitôt de ces longues journées. Les voilà assis sur un banc dans le parc, partageant un instant de paix. Paolo l'écoute avec attention tandis que Bilia, après une pause, reprend :

— Non, je veux dire, j'ai passé des moments difficiles chez moi. Mais les gens sont différents : là-bas, nous sommes tous un peu frères ou un peu cousins, tout le monde se donne un coup de main, même si de nombreux gamins passent leur temps dans la rue.

— Bilia, moi je n'ai jamais changé de pays, mais je te comprends. Je n'arriverais jamais à partir d'ici, même si je rêve de jouer dans les plus beaux stades du monde, soupire Paolo.

— Paolo, profite de ton pays jusqu'au bout. Ce n'est pas toujours agréable de partir. Moi j'ai été acheté. Riccardo a payé mes parents pour me faire venir ici, c'est quelqu'un de bien, il a voulu me sauver d'une très mauvaise situation. Je suis content, et je l'en remercie. Mais...

— Tu veux rentrer chez toi ?

— Non, j'ai été envoyé ici par les dieux pour relever un défi. Je pleure ma terre mais je ne regrette pas ma vie d'avant. Ici tout est magique, pour moi. Parfois c'est un peu étrange, parfois il y a des choses que je ne comprends pas, ou qui ne me plaisent pas trop, mais c'est toujours magique. Maintenant je voudrais le raconter à mes amis. Tu m'aides à écrire une lettre ?

— Comment ça ? Une lettre, c'est personnel, je ne peux quand même pas y mettre mes pensées.

– Mais non, tu ne m'as pas compris. Je te dis quoi écrire, ou plutôt je commence à l'écrire et puis tu me marques les erreurs.

– On dit « tu me corriges ».

– Tu vois, tu es déjà mon professeur d'italien ! Mais il faut écrire en français. De toute façon tu peux aussi me corriger en français, n'est-ce pas ?

Bilia se moque de Paolo, mais ce qu'il dit est vrai : son ami, en plus de l'italien, parle et écrit couramment français. Du côté de sa mère, toute sa famille est d'Avignon. Pendant les vacances, il va toujours en France. Parler avec Bilia est aussi une façon de ne pas perdre la pratique de sa seconde langue. Denise, sa mère, est enseignante.

– D'accord, je te donne un coup de main.

– J'étais sûr que tu ne m'abandonnerais pas.

– Assez parlé, mettons-nous au travail.

Et Bilia sort de son blouson un bloc et un stylo. Il était déjà prêt...

Juste au moment où il va commencer à écrire, Filippo, sorti de nulle part, crie :

– Bilia, Bilia, viens, il y a une lettre pour toi.

– Pour moi ? Et de qui ça peut venir ? Juste au moment où j'allais en écrire une...

– Je ne sais pas, mais elle arrive d'Afrique. L'expéditeur a un nom qui fait un kilomètre.

– Fais voir ! C'est incroyable ! C'est mon meilleur ami, Isek'eley... Et là, je vous abrège son nom. Excusez-moi.

Bilia n'a même pas eu à chercher un coin tranquille où lire sa lettre. Ses amis ont compris, ils se sont retirés, le laissant seul. Ses mains tremblent, son cœur bat la chamade, l'émotion est trop forte, mais la curiosité le pousse à déchirer l'enveloppe. Jusqu'à maintenant, il n'a passé que quelques coups de fil rapides au bar de son quartier, pour dire qu'il va bien. Il ne peut tout de même pas attendre au téléphone que Bengos, le propriétaire du bar, aille en courant chercher son père ou un de ses frères : ça coûte trop cher. Il a écrit aussi, mais sans recevoir de réponse, et il n'en attendait pas : son père ne sait ni lire ni écrire. Ses frères ? Mieux vaut ne pas trop y compter.

Une photo ? Oui, de l'enveloppe tombe une photo de groupe. Voilà son père avec un grand sourire édenté, son frère, Vieux Jean, Mbuta Alube, d'autres encore. L'émotion lui arrache une larme, que Bilia essuie aussitôt. Pas d'yeux mouillés, c'est l'heure de la lecture. Après avoir passé un long moment à contempler la photo, Bilia ouvre finalement la lettre. Elle est écrite en lingala, une des langues que l'on parle au Congo. Peut-être celle que l'on parle le plus.

Cher ami,

Je ne te cache rien si je te dis qu'ici les choses n'ont absolument pas changé. Depuis que tu es parti, les gosses continuent de dormir dans la rue et leur nombre a même augmenté. Ici à Ndjili, de nouveaux Blancs français sont arrivés et ils ont monté une association qui s'occupe des enfants, j'en fais partie moi aussi. C'est une très belle chose, parce qu'en plus de manger et de se retrouver, on va même à l'école pour apprendre un métier. Moi j'ai choisi d'être mécanicien. Tu te rappelles Zadio ? Lui il veut être forgeron et il se débrouille très bien. Et puis nous avons reconstitué notre équipe de foot et grâce à Riccardo nous avons reçu des ballons et tout ce qu'il faut. Il te l'a dit ? Salue-le bien pour moi. L'idée que tu sois là-bas tout seul et nous ici me fait pleurer. Comment tu vas ? Bilia, montre à ces bazungu de Blancs que tu es le meilleur joueur du monde. Ici nous en sommes sûrs et nous continuons à prier les ancêtres pour qu'ils t'envoient leur bénédiction. Travaille tes une-deux, ton dribble, pense à jouer et nous, ici, nous attendons le premier journal avec ta photo. Tu vas à l'école ? C'est vrai que là-bas tous les enfants vont à l'école en voiture ? Tu as un vélo ? C'est vrai que tu dors dans la même chambre qu'un Blanc ? Fais attention, la nuit il pourrait te voler ton talent. Bilia, Ndjili pleure la mort de certains de ses enfants : tu sais, avec la vie que nous avons, nous côtoyons tous les jours la mort. Je ne voudrais pas te rendre triste, mais ici il n'y a vraiment pas grand-chose, même si ce n'est pas la joie de vivre qui nous manque. Et toi, tu es heureux ? Nous attendons de tes nouvelles, ne nous oublie pas, nous sommes toujours fiers que tu sois là-bas pour faire honneur au quartier. Le ballon doit être ta nourriture, ton credo, ne vis que pour lui et tu verras que tout sera plus facile. As-tu de nouveaux amis ? Qui sont-ils ? Comment s'appellent-ils ? Fais seulement

attention à ne pas trop te livrer, essaie de comprendre
ton nouveau monde avant. Maintenant ça suffit pour
les conseils, il n'y a plus de place sur le papier et
comme tu vas le voir, tout le monde veut signer cette
lettre, je dois laisser un peu d'espace à chacun.

Ton ami de toujours,
Ise

Sur la feuille de papier, une longue série de signatures et de bonjours. Bilia a l'impression que tout le quartier a voulu signer la lettre, mais qu'il n'y avait pas assez de place. Alors qu'il est en train de lire, ses pensées volent vers Ndjili et un rude combat se déroule entre la nostalgie et la volonté de ne pas se laisser aller. A la fin, la feuille est mouillée de larmes. Bilia peut tout cacher, sauf ses sentiments. Son estomac noué lui fait sentir la douleur qu'il éprouve face au manque des personnes et des choses qu'il aime le plus sur Terre.

Après s'être essuyé les yeux, Bilia retrouve Paolo et Filippo, qui attendent des nouvelles. Au début, ce n'est que simple curiosité : qui sait ce qu'ils ont à raconter, ceux qui sont restés au

Congo ? Mais ensuite, en voyant leur ami, la tristesse les envahit eux aussi, comme si un miroir renvoyait sur eux son reflet.

– Qu'est-ce qui s'est passé, Bilia ? Je n'aurais pas dû te donner cette lettre ? dit Paolo.

– De mauvaises nouvelles ? demande Filippo.

– Non, ce n'est rien, ce n'est rien.

Sans réussir à ajouter un seul mot, Bilia éclate en sanglots comme un enfant, mais ses pleurs ne durent pas. Il se reprend et explique :

– Les miens me manquent, c'est tout.

– Écris-leur toi aussi, tu allais le faire. Eh, on peut faire quelque chose ? lance Filippo.

– Qu'est-ce que dit la lettre ? s'enquiert Paolo.

– Ise me raconte la vie du quartier. Je suis content, il dit que les enfants ont trouvé quelqu'un qui essaie de s'occuper d'eux.

– Alors tu vois que les choses vont bien !

– Et puis Riccardo a envoyé des ballons. Ils ont monté une véritable équipe de football.

– Tu verras, les enfants de chez toi s'en sortiront, dit Filippo, et puis, d'ici, tu peux les aider.

– Oui, ils continuent à dire que je dois y mettre

tout mon cœur, et que je dois le faire pour eux... dit Bilia.

Et il pense : « Facile à dire, mais ensuite... Oh *basta* ! je continuerai à faire de mon mieux. »

Nos trois amis se séparent. Chacun emporte avec lui un morceau de cette journée. Filippo et Paolo savent quelque chose de plus sur leur ami, ils ont partagé avec lui la nostalgie de l'Afrique, ils l'ont vue gravée sur son visage, maintenant ils ont compris. Bilia a ouvert son cœur et partagé sa douleur, ainsi elle lui semble moins lourde.

Une visite mémorable

Un samedi, à la fin d'un entraînement à la fois fatigant et satisfaisant, Filippo s'approche de Bilia dans les vestiaires et lui propose :

– Eh, ça te dirait d'aller voir mon grand-père ? Aujourd'hui c'est son anniversaire.

– Ton grand-père ? Mais je ne le connais même pas !... Quel âge a-t-il ?

– Il va souffler ses soixante-douze bougies. Alors, tu viens ?

– Attends, je dois avoir la permission, avant de quitter le pensionnat...

– C'est fait, tout est arrangé, si toi tu es d'accord.

Cette invitation est tout à fait inattendue pour Bilia. Pour la première fois depuis qu'il est arrivé dans cette école, quelqu'un a pensé à l'inviter chez lui. Il est déjà allé plein de fois chez Riccardo, bien sûr, il connaît parfaitement son petit appartement de célibataire, tapissé de photos, de livres et de cassettes vidéo, il est même resté dormir chez lui, sur le divan qui se transforme en lit et qui est un peu inconfortable (ça ne fait rien, du moment qu'ils sont ensemble). Mais cette fois, il s'agit de l'invitation d'un garçon de son âge. Qui le convie à une fête de famille, en plus. Quelle joie !

La maison du grand-père de Filippo se trouve dans la campagne au-delà du Pô, parmi les collines et les vignes. Ils y vont en voiture, avec les parents de Filippo qui sont gentils mais ne parlent pas beaucoup. Une petite route de terre mène devant l'entrée principale, elle est si étroite qu'une seule voiture peut y passer à la fois. Ça monte et ça descend, et la vue est magnifique. Bilia n'a pas ouvert la bouche de tout le trajet et personne n'a osé détourner son attention de ce qu'il découvre :

« Quelle merveille. Ça ressemble un peu à la route qui va de Goma à Bukavu, quatre-vingts kilomètres de virages et de collines », s'étonne Bilia. Et il repense au seul voyage qu'il a fait dans sa vie (avant de venir en Europe, bien sûr), dans l'Est du Congo, pour aller voir des cousins éloignés, quand sa mère était encore en vie. Là aussi, il y avait des collines vertes, c'était tout vallonné.

Terminus. La maison de grand-père Arturo, c'est ainsi que s'appelle le grand-père de Filippo, est vieille mais spacieuse : rez-de-chaussée, premier étage. Dehors, il y a suffisamment de terrain pour en construire une autre mais, à la place d'une seconde maison, il y a une vaste grange. On y a dressé la table pour l'occasion. Bilia a compris que c'est là qu'on mange.

– Comment s'appelle ton ami, Filippo ? a tout

de suite demandé grand-père Arturo, en dévisageant Bilia avec des yeux très bleus.

– Bilia. Tu te souviens ? Je t'ai déjà parlé de lui. Il vient du Congo et il joue au foot mieux que Pelé.

– Défenseur ou attaquant ?

– Grand-père, il peut tout faire ! Sauf peut-être gardien...

Bilia assiste amusé à cette conversation et n'ose pas l'interrompre. Il écoute les commentaires de son ami, regarde les petits yeux brillants du vieil homme et ne s'aperçoit pas que le hangar s'est rempli de monde. Toute la famille est là, pour faire honneur au grand-père. Mais Bilia est devenu le centre de l'attention : chacun pose des questions à Filippo à son propos, et quelqu'un se hasarde même à lui en poser une, à lui, un peu en italien et un peu en français. La langue que Bilia comprend le mieux.

– Bilia, dit à un certain moment grand-père Arturo (et tout le monde se tait, un peu parce que c'est son anniversaire, un peu par respect), tu sais, petit, que j'ai fait la guerre en Afrique ? Je suis allé en Libye, en Somalie, en Abyssinie et...

— Grand-père, on la connaît ton histoire, l'interrompt Filippo en levant les yeux au ciel, mais avec tendresse.

Le grand-père poursuit, sans se soucier d'avoir été coupé :

— Hé, Bilia.

— Oui, monsieur.

— Non, pas monsieur : grand-père Arturo. Tu pourrais être mon petit-fils. Permets-moi de t'appeler Jair. Tu sais, de mon temps c'était le meilleur joueur couleur d'ébène, comme toi. Il faisait des miracles avec un ballon.

— D'accord, mais quelle place avait Jair ? demande Bilia intrigué.

— Aile droite, de bons pieds et... qu'est-ce que je pourrais te raconter sur ce joueur. Écoute un peu...

Les autres recommencent à parler entre eux. Bilia et grand-père Arturo continuent à discuter. C'est comme s'ils étaient seuls : le vieil homme a des souvenirs étranges d'un football qui n'existe plus. Bilia écoute ses histoires parce qu'il sait qu'il faut prêter attention aux vieilles personnes et parce que ça l'amuse. Puis vient le moment de la fête, du gâteau, et tout le reste. Mais pour le jeune garçon, les plus beaux moments sont ceux qu'il a passés avec grand-père Arturo. Une journée à marquer d'une pierre blanche.

Le soir suivant, Bilia parle à Riccardo de ce nouveau personnage qu'il a rencontré (parce que le grand-père de Filippo est vraiment un personnage).

– Je suis content pour toi, commente Riccardo.

Il sait à quel point c'est important pour son protégé de créer des liens dans ce pays, où il vit et travaille avec tant d'efforts pour se construire un avenir.

Riccardo continue à avoir de grands projets et de grands espoirs pour Bilia. Il est convaincu que le garçon doit et peut devenir un des footballeurs les plus prisés. Il l'aime beaucoup, bien sûr, mais il ne peut nier qu'il y a aussi un peu d'intérêt personnel. Au fond, c'est lui qui l'a découvert, c'est lui qui l'a emmené en Italie, c'est lui qui l'a inscrit dans une école de football. En somme Bilia est aussi une affaire pour lui. Mais Riccardo veut que dans cette affaire tout le monde gagne, et avant tout Bilia et lui. Et maintenant le moment du grand saut est arrivé.

Un au revoir

L e temps s'est envolé. Le petit garçon perdu arrivé en Italie par un hiver sibérien a grandi. Entre-temps, il a appris à connaître son environnement, il a fait des efforts, il a presque terminé son apprentissage de l'italien et il a réussi à comprendre la grande différence qui existe entre le foot des rues de Ndjili et la stratégie scientifique de l'Italie. Il ne faut pas seulement courir après un ballon, mais suivre des règles strictes. Il a toutefois conscience du fait que beaucoup de gens s'intéressent à son talent.

C'est maintenant le début de l'été. L'école est finie, il n'y a plus que le ballon. Hourra ! Mais d'ici peu il va aussi falloir penser aux vacances. Un soir, au coucher du soleil, après avoir attendu la fin de l'entraînement tout en appréciant les prouesses de son protégé, Riccardo fait signe à Bilia de se changer : il va l'attendre là-bas, sur le bord du terrain. Bilia prend sa douche en vitesse, en pensant que Riccardo va l'emmener manger une pizza : c'est devenu un de leurs rites.

Mais les choses ne se passent pas ainsi. Bilia doit refréner sa faim. Riccardo lui met un bras autour de l'épaule et ils marchent ensemble le long du terrain.

– Bilia, lui dit Riccardo, tu as quinze ans maintenant, presque seize. Une grande équipe te veut. On change de ville, et tout le reste.

Le garçon se fige.

– Je ne comprends pas. Explique-toi mieux.

Riccardo l'emmène vers les tribunes, une simple

rangée d'escaliers en bois. Ils s'assoient sur la première marche.

– Le moment que j'attendais est arrivé : ton transfert a été signé.

– Tu veux dire que je dois quitter les autres, et cet endroit ?

Bilia ne croit pas à ce qui est en train de se passer. Il n'y croit vraiment pas.

– Exactement, répond Riccardo. Cette école n'a été qu'un passage, ce n'était pas ton club. Ce n'était même pas un club. C'était un endroit comme un autre pour commencer, pour prendre tes marques. Maintenant il faut aller de l'avant.

– Mais que va-t-il se passer ? Tu ne vas pas me dire que je pourrais me retrouver à jouer contre eux ?

Riccardo sourit face à ce qui paraît être la seule réserve du garçon : être obligé de défier ses amis.

– Non, Bilia, tu ne cours pas ce risque, le rassure-t-il. Là où tu iras, c'est une autre catégorie.

Bilia ne demande pas d'autres explications. Il n'a pas oublié les recommandations de son père.

Il doit faire tout ce que Riccardo Cerutti lui dit de faire. C'est lui qui s'occupe de son avenir, et il ne fera sûrement pas quelque chose qui serait mauvais pour lui. Il choisira ce qu'il y a de mieux. Bilia ne connaît pas les méandres du marché du football, tout cela ne le regarde pas, et il le sait. Mais à chacun de ses matchs, il y a un observateur : depuis longtemps il est suivi de près, parce que sa présence n'est pas passée inaperçue. Tous ceux qui s'occupent de jeunes talents se sont arrêtés au bord du terrain, curieux et attentifs.

Les transactions ont été menées par Riccardo lui-même. Dans le contrat signé pour le passage de Bilia dans la nouvelle équipe, certaines clauses parlent de son avenir en dehors du foot. Les études, tout d'abord. Financées jusqu'au diplôme. Puis un salaire bloqué « jusqu'à sa majorité » ; des vacances payées pour retourner au Congo « pour ses dix-huit ans » ; et l'assurance que le garçon puisse vivre une vie sereine, normale, d'adolescent.

L'intéressé n'est pas au courant de tout cela :

il doit seulement penser à travailler, à jouer, à marquer et à faire en sorte que ses coéquipiers marquent.

Comme d'habitude. Du point de vue du ballon, rien ne change. Aujourd'hui plus que jamais, son jeu est nécessaire pour procurer des émotions inédites à son nouveau club. Ce choix, ce saut, c'est un changement auquel Bilia n'avait jamais pensé. Il va devoir quitter ses amis, les seuls qu'il ait. Que faire ? Comment faire ? La question ne se pose même pas : il n'a pas voix au chapitre.

Mais ce n'est pas facile. Abandonner Paolo et Filippo ? Surtout Paolo, qui l'a si bien compris. Et grand-père Arturo, qui pouvait devenir un nouvel ami. La vie de professionnel, même à cet âge, implique tous ces renoncements.

Bilia s'enferme dans sa chambre avec Paolo. Ils ont tant de choses à se dire.

– J'ai appris la nouvelle, dit Paolo. Alors, c'est vrai que tu pars ?

– Je ne sais pas ce que je donnerais pour rester ici avec vous, dit Bilia.

– Si c'est le cas, pourquoi tu ne t'opposes pas ?

– Tu sais, Riccardo n'est pas seulement quelqu'un qui a fait beaucoup pour moi, c'est la voix de mon peuple. C'est à lui que j'ai été confié, mon père m'a recommandé de faire ce qu'il me dit. Il sait quelle est la meilleure chose pour moi.

– Et moi alors, qui suis-je ?

– La voix de mon cœur. Paolo, tu es un vrai ami. Tout comme mon cœur se trouve dans ma poitrine, je te porterai toujours avec moi.

– Bilia, je suis tellement désolé. Où que tu ailles, je ne t'oublierai pas.

– Merci, mon ami. Merci.

C'est la nuit. Les deux garçons se séparent. Pas de larmes. Le souvenir ne doit pas être mouillé. Bilia veut conserver dans son cœur cette page limpide, sans une tache. Le coup est dur, mais sa vie doit suivre la route que ses ancêtres ont tracée pour lui.

Son nouveau club vient d'avoir une promotion et il recherche de jeunes talents pour se renforcer, mais surtout pour tenter de passer dans la catégorie supérieure. Ils l'ont suivi pendant un an et le contrat a été signé. Arrivé à Pérouse pour jouer dans le Villa Fidelia, Bilia trouve un environnement accueillant, ce qui atténue sa nostalgie. Rien à voir avec l'univers précédent. Il est tout juste arrivé qu'il doit déjà saisir au vol les premières recommandations : « Ici c'est l'équipe qui compte avant tout. » Il a l'impression d'entendre une vieille rengaine. Mais tout a une saveur nouvelle.

Les premiers jours, Bilia rencontre Roberto, dix-neuf ans, un vétéran de l'équipe malgré son jeune âge. Entre eux se noue tout de suite un lien très fort et pendant les entraînements et dans la vie quotidienne, Roberto essaie d'adoucir la mélancolie de Bilia, qui a maintenant un passé en Afrique et des souvenirs près de Pavie. Ils ne parlent pas d'école mais de ballon, de l'Ombrie, du monde qui les entoure. Bilia lui parle de l'Afrique, de ses amis Filippo et Paolo, de grand-père Arturo et de tout ce que l'année passée a représenté pour lui.

Et on va de l'avant. Avec les lettres de Paolo et Filippo, avec les visites de Riccardo, qui arrive dans sa 2 CV bleue toujours plus décolorée, et qui l'emmène manger une pizza, voir les collines, explorer le monde. La vie en C_1 est très dure. Mais l'on s'habitue à tout, et personne ne le sait mieux que Bilia.

La grande occasion

20 novembre 1991 : un stade rempli de monde, une partie décisive ; tout le monde attend quelque chose de plus de Bilia. Le garçon dont on a tant parlé et qui a montré son savoir-faire pendant les autres rencontres doit maintenant faire ses preuves. La tension est palpable dans les vestiaires. Giacomo Zanchi, l'entraîneur, n'a pas cessé un instant de donner des conseils, d'expliquer la tactique, de prendre en aparté les joueurs les uns après les autres. Sur le terrain, c'est une autre histoire, cette fois les adversaires sont des pros. Les supporters encouragent leur équipe depuis les gradins. Bilia est à la hauteur des attentes. Un jeu magique et... buuut ! puis l'étreinte de ses coéquipiers et la victoire après une rencontre difficile.

Mais le souvenir de cette journée est lié à la rencontre de Thomas Ziliya, un garçon de Sierra Leone qui joue dans l'équipe adverse. Avant de rentrer sur le terrain, Bilia a échangé un « bonne chance » avec ce garçon africain qui a quitté sa terre, comme lui, dans l'espoir d'une vie meilleure. Il ne l'a jamais vu auparavant, et pourtant il éprouve pour lui une affection fraternelle.

Pendant les premières minutes du match, chaque dribble de Bilia est bloqué par cette montagne noire, un milieu de terrain défensif. Pour le jeune garçon, trouver le moyen de le dépasser est une épreuve. Plus d'une fois, l'entraîneur le rappelle à l'ordre parce qu'au lieu de jouer la balle avec le reste de l'équipe, Bilia cède à son vieux défaut et s'entête à dribbler Thomas. Pour lui, c'est devenu une affaire personnelle. Il ne s'agit plus de battre l'autre équipe mais de dépasser ce mur humain. Thomas réussit à lui tout seul à contrer l'équipe de Bilia, et cela agace notre gamin du Congo. Un affrontement les oppose et agite les deux bancs de touche.

– Arbitre, avertissement, crie le banc de Bilia.

– C'est une femmelette, rétorque l'autre banc, narquois.

– Du calme, du calme ! intervient l'arbitre.

De sa poche il tire un carton jaune et l'agite en direction de Bilia, pour Bilia, contre Bilia. Le gamin est trop nerveux. Selon Bilia, l'avertissement est injuste, mais en écoutant les suggestions qui lui arrivent du banc de touche, il essaie de cacher sa déception et de se concentrer sur la partie. Encore trop de passes manquées, si peu d'inventivité. Thomas, comme un radar, contrôle chaque mouvement de la balle, qui reste collée à ses pieds. Bilia ne manque pourtant pas de rapidité, de vigueur et de dynamisme. « Ce sont tes armes, Bilia, sers-t'en », lui a répété l'entraîneur pour le motiver. Et, en effet, après les premières difficultés, à la seconde mi-temps, le match change. Plus de rythme, plus d'actions, plus de jeu. Bilia et son équipe ont trouvé les moyens de dépasser le milieu de terrain adverse, en se rapprochant même à deux reprises des buts. Le match ne trouve pas son élan, personne ne marque ; les équipes se contrôlent, à part quelques actions de bon niveau technique, quelques tacles en trop, et deux avertissements de plus, le public s'apprête à quitter les gradins, content d'avoir vu un beau match... sans but.

Alors que tout le monde s'attend à un match nul, quelques secondes avant que l'arbitre ne siffle la fin de la partie, la balle arrive vers Bilia, à la hauteur du coin de corner.

Un crochet, un petit pont, deux, trois adversaires écartés par un dribble foudroyant et un tir qui va s'imprimer au fond du filet. Buuut ! hourra, hourra, hourra ! Le public est en délire. Bilia a vraiment marqué un beau but. Si quelqu'un doutait de ses capacités, ce doute a disparu devant la façon dont le garçon a mené cette action difficile et surtout grâce à la manière dont il a joué pendant tout le match.

Au moment de partir, Thomas et lui échangent deux bouts de papier avec leurs numéros respectifs et la promesse de se revoir en dehors du terrain. Une amitié est née, peut-être. Le fait d'être africains et d'avoir disputé tous les deux un beau match a ouvert une porte, même si on peut lire la déception sur le visage de Thomas.

— Ne sois pas en colère, tu as fait un beau match, le console Bilia.

— *But you are the winner*, répond Thomas. Mais c'est toi le vainqueur.

— Ce n'est pas toujours le meilleur qui gagne. Moi je ramène la coupe à la maison et toi la palme du meilleur joueur, dit Bilia, en vrai sportif.

— *Yes*, c'est l'Afrique qui a gagné, tu ne crois pas ?

— Bien dit, Thomas. Maintenant vas-y, tes amis t'attendent. A bientôt.

— Tu peux y compter. A bientôt, champion.

Resté seul dans les vestiaires, Bilia pense longuement à ce garçon dont il connaît déjà l'histoire. C'est une histoire tellement singulière que tout le monde le connaît dans le monde du foot. Les journaux lui ont consacré des articles.

Thomas est arrivé en Italie, fuyant la guerre dans son pays. Par hasard, il est tombé dans l'oratoire de San Luca, dans la région de Brianza, et le ballon lui a redonné le sourire. Mais avant de jouer au football, il a été hospitalisé pendant quelques mois parce qu'il n'arrivait pas à parler. Les horreurs de la guerre l'avaient rendu muet. Il n'osait même pas ouvrir les yeux et se couvrait toujours le visage. Grâce au travail d'une équipe de religieuses, justement celles qui avaient réussi à l'emmener en dehors de ce pays déchiré par les combats, Thomas a retrouvé peu à peu la parole, puis la confiance dans les hommes. Jouer au football a été l'un de ses premiers désirs. A la vue d'un ballon, alors que personne ne s'attendait à ce qu'il retrouve la parole, il avait dit *ball,* ballon. On lui a donné un ballon, et sa renommée, propagée par le public d'infirmiers et de médecins, a suffi pour attirer l'attention d'un observateur. Un prêtre de la Brianza a posé les yeux sur Thomas et après une série d'approches pour obtenir sa confiance, il a transféré dans sa paroisse le jeune garçon qui a commencé à jouer sérieusement.

L'entraîneur s'approche de Bilia, qui est en train de se changer avec des gestes lents, absorbé par l'histoire de Thomas. Il s'assied à côté de lui, lui sourit. Et comme s'il avait lu dans ses pensées, il dit :

— Maintenant Thomas va bien, tu sais, Bilia. Tu as vu comment il joue ?

Bilia secoue la tête.

— Ça, j'ai compris, dit-il. Mais je ne pense pas seulement à lui. Il y a un tas de jeunes, dans son pays et dans le mien, qui mériteraient eux aussi d'avoir leur chance.

— Tu as raison, mais qu'est-ce que tu peux faire, toi ?

— Bien jouer, faire parler de mon pays, attirer l'attention sur moi pour ouvrir les portes du Congo, dit Bilia, déterminé.

— Tu ne crois pas que ce sont des discours d'adulte ?

– D'adultes ? Les adultes ne font jamais ce genre de discours, ce sont eux qui nous poussent hors de notre pays, et si nous restons ils nous enchaînent dans la misère.

– Bilia, allez... arrête... Je comprends ta colère, dit l'entraîneur, mais elle ne changera pas les choses.

– Ce n'est pas de la colère. Je suis juste triste pour l'Afrique qui est en train de massacrer son avenir.

– Ce n'est pas seulement la faute de l'Afrique, Bilia. C'est une longue histoire, je te promets que nous en parlerons une autre fois, quand tu seras plus calme. Maintenant faisons le point sur le match. Thomas t'en a fait baver, n'est-ce pas ? Tu as vu comme il est fort ?

– Baver ? J'ai seulement eu besoin de temps pour trouver mes marques, c'est tout..., dit Bilia, un peu fanfaron.

Mais l'entraîneur lui jette un regard lucide et dit :

– Eh, non, mon cher. Ce type a semé le trouble en toi. Il t'a désorienté.

— C'est vrai, admet Bilia, et ça lui coûte beaucoup de l'avouer. J'étais nerveux au début, mais ensuite j'ai compris. Le foot se joue aussi avec la tête. De toute façon, fort ou pas, j'ai réussi à le prendre de vitesse plusieurs fois.

— Oui, grâce à mes conseils. Voilà pourquoi tu dois apprendre à jouer avec les autres : tu lances le ballon, tu fais une passe, tu ouvres les yeux et tu te sers de ton cerveau.

— *Mister*, on va recommencer un autre entraînement ?

— Non, tu as raison. C'est l'heure de partir.

Bilia ne rentre pas chez lui en bus, comme tous les autres. A l'extérieur du stade, Riccardo l'attend, appuyé sur sa vieille voiture bleue. Il a les mains dans les poches, il sourit. Peut-être iront-ils manger une pizza, peut-être feront-ils seulement un tour, en bavardant. Ou peut-être resteront-ils silencieux, et Bilia regardera la nuit tomber par la fenêtre, une nuit pleine de lumières, de phares d'automobiles, d'enseignes, tellement différente de la nuit noire de son pays.

Telle est sa nouvelle vie. Parfois facile, parfois dure. Parfois belle, comme maintenant, avec la victoire en poche. Parfois douloureuse, emplie de nostalgie qui prend l'estomac et le serre, comme une main de fer. Mais c'est sa vie, et Bilia sait qu'il doit l'accepter tout entière, comme elle est. Entière et ronde, comme un ballon.

L'auteur

Paul Bakolo Ngoi est né à Mbandaka (République démocratique du Congo) en 1962. Il a quitté son pays pour venir s'installer à Pavie, en Italie, où il a fait des études de sciences politiques. Il a travaillé dix ans comme journaliste pour un quotidien italien et partage aujourd'hui son temps entre l'écriture et son poste de consultant auprès de l'attaché culturel de la municipalité. Il a déjà écrit plusieurs romans et contes qui ont été primés en Italie. Il espère que ses histoires permettront aux lecteurs d'approcher et de mieux comprendre la culture africaine.

Table des matières

Maquette : Didier Gatepaille
Loi n°49-956 du 16 juillet 1949
sur les publications destinées à la jeunesse
ISBN 2-07-050810-2
Numéro d'édition : 130224
Dépôt légal : octobre 2004
Imprimé en Espagne
par Novoprint (Barcelone)